Astrid Waliszek

Der Fisch ist ein einsamer Kämpfer

Roman

Aus dem Französischen
von Claudia Steinitz

| Hoffmann und Campe |

Die Originalausgabe erschien 2011
unter dem Titel *Topolina*
bei den Éditions Grasset & Fasquelle, Paris.

1. Auflage 2013

www.hoca.de
Satz: Dörlemann Satz, Lemförde
Gesetzt aus der Joanna
Druck und Bindung: CPI – Clausen & Bosse, Leck
Printed in Germany
ISBN 978-3-455-40375-6

HOFFMANN
UND CAMPE

Ein Unternehmen der
GANSKE VERLAGSGRUPPE

Unglück ist, wenn man von seinen Unzulänglichkeiten zerstört wird. Glück, wenn man sie genießt.

Adam Phillips

Für L. S.

Ich liebe niemanden. Außer mich selbst, wenn überhaupt. Das wechselt von Tag zu Tag. An einem ist es erträglich, am nächsten bin ich von mir gelangweilt. Mit mir zu leben ist anstrengend, mit den anderen zu leben wird mir schnell unerträglich. Dabei interessieren sie mich. Ich finde gern heraus, wie sie leben und was sie denken, warum sie so leben, wie sie leben. Auch, wen sie lieben. Ich würde zum Beispiel gern wissen, wie sie es anstellen, zu lieben oder zu leiden, wenn man sie nicht liebt.

Das sehe ich bei den Leuten, für die ich arbeite. Vormittags gehe ich putzen, nachts arbeite ich in einer Bar. Ich mache Sandwichs.

Davor war ich Malerin und Bildhauerin.

Aus dieser Zeit ist mir der Sinn für Kleidung, für ihre Struktur geblieben. Auch dafür, wie sie sich anfühlt oder anhört. Das Gewebe der feinen, einheitlich weißen Wolle meiner Stola löst in mir ein Gefühl aus, das vom Hals auf den ganzen Körper ausstrahlt, sobald sich bei einer Bewegung die Falten verschieben. Der festonierte und mit rotem Faden hervorgehobene Saum an einer meiner Westen weckt unendliches Wohlbehagen, wenn meine Finger ihn betasten und darüberstreichen. Kleidung ist für mich wie eine verwirrende Haut, mit der ich endlos spiele: Die Überraschung des leichten Schauers warmer Seide oder die leichte Berührung eines Ärmels auf meinem nackten Arm lassen mein Herz vor Glück schneller schlagen. Die Falten, das Wogen von indischen Stoffen über meinen Beinen, die winzigste Wahrnehmung des über die Hüfte gleitenden Knotens einer Tunika erregen mich, als würde ein Fieberwind durch meinen Körper streichen.

Madame ist reizend. Ich sage »Madame«, nicht »Madame Léger«, weil es nicht dasselbe ist. Über »Madame« freut sie sich, und ich behalte meine Arbeit, obwohl ich spüre, dass es für sie schwierig ist. Dass sie sich sagt: »Eigentlich könnte ich die Hausarbeit auch selbst machen.«

Ich arbeite gerne dort. Ich mag den Geruch der Wäsche in der Maschine. Wenn sie wäscht, nicht wenn sie trocknet: Wenn sie trocknet, ist auch ihr Geruch trocken, fast salzig. Der Geruch der schmutzigen, nassen, mit Seifenlauge durchtränkten Wäsche ist hingegen ein schwerer Geruch, der mich schwindlig macht. Ein Geruch von schmutzig und sauber zugleich.

Ich bin neugierig auf Leute. Für Madame Léger mache ich Sachen, die ihr Spaß machen, Sachen, bei denen ich mir sicher bin, dass sie sie bemerkt. Wie ihre Kosmetika der Größe nach aufzustellen: Das bringt sie zum Lachen. Sie hat mir gesagt, ich soll sie nach ihrer Funktion ordnen, aber ich weiß, dass sie als Erstes immer das Flakon ganz rechts nimmt, es reizt sie ein bisschen, weil es nicht so geordnet ist, wie sie es gern hätte – auf einer Seite die Mittel für das Gesicht, dann die für den Hals, die Augen und die

Lippen. Auf der anderen Seite die für den Körper und dahinter alles für die Haare, so wie sie es täte, wenn sie sie selbst einräumen würde.

Sie denkt, ich benutze keine Kosmetikprodukte. Es stimmt, ich bin nachlässig angezogen, unfrisiert, nicht geschminkt. Dabei hat sie mich nur zweimal gesehen. Ich habe die Schlüssel, und sie schreibt mir ein paar Zeilen: *Vorratsschrank aufräumen* oder *Besteckkasten sauber machen*.

Ich schreibe ihr auch. Sie hat extra eine Schiefertafel gekauft. Das ist praktisch.

Ich arbeite gerne bei Madame, weil ich das Gefühl habe, zu Hause zu arbeiten, nur dass es nicht mein Zuhause ist. Bei mir ist es nicht so ordentlich, aber zu mir kommt niemand. Ich bin gern an Orten, wo Leute leben: Madame hat einen Mann und Kinder. Ich räume die Sachen der Kinder auf, wenn ich kann, aber meistens ist alles, was sie betrifft, erledigt. Es gibt nur wenig Spuren von ihnen, außer Sachen zum Bügeln.

Ich habe noch nie irgendwem erzählt, dass ich niemanden liebe. Immerhin liebe ich manche Bücher. Auch Fotos. Muybridge liebe ich sehr. Ich finde, seine Fotos sind richtig lebendig. Sie sind sogar das Lebendigste, was ich kenne. Ein schreitender Mann. Die Bewegung ist aufgegliedert und jeder Muskel abgebildet.

Früher waren die Bistros mein bevorzugter Lebensort. Ich traf dort Freunde, wir lebten nachts. Unser Stammbistro war der Fernfahrertreff in der Rue des Plantes. Fernfahrer gab es dort keine, es gab vor allem abgebrannte Künstler und die ganze Fauna, die nachts lebt, von der man nicht weiß, was sie tagsüber treibt. An der Wand hing ein Gemälde von Alberto Giacometti. Giacometti sah ich mir in Beaubourg an, besonders gern seinen *Schreitenden Mann*. Er ist das Gegenteil von Muybridges Mann, er besteht nur aus Strichen: kein Muskel, kein Körper. Ich ging um ihn herum: Ich weiß noch, wie ich überlegte, dass es schwierig ist, um diesen schreitenden Mann herumzuschreiten, nicht weil er nicht still stehen würde, Giacomettis *Schreitender*. Es ist eher so, dass er den Betrachter beeindruckt und auf Abstand hält. Ich mochte auch das Porträt seiner Mutter: Es ist verschwommen, wie eine Frau, die man nicht darstellen kann. Striche und noch mehr Striche: Man bekommt einen Eindruck, aber nichts, woran sich irgendeine Realität festhalten könnte.

Ich habe immer für Museen geschwärmt.

Die Wirtin des Fernfahrertreffs hatte das Gemälde von Albertos Bruder Diego angenommen, als der seine Rechnung nicht bezahlen konnte. Sie hat uns erzählt, sie hätte es für 300 Francs versichert. Wir haben uns angeschaut, das weiß ich noch. Wir wussten, dass es auf jeden Fall mehr wert war als die ganze Kneipe. Wir waren alle Bildhauer, Maler, Grafiker oder andere werdende Künstler, und wir sagten uns, solange kein Händler unter uns wäre, könnten wir weiter unter dem Giacometti schlemmen.

Als ich jung war, dachte ich, ich würde andere Menschen lieben. Dann verschwanden sie, ohne dass es mir größeren Kummer bereitet hätte. Ich bin vierundsechzig, und ich arbeite, weil ich mich sonst langweilen würde. Ich habe mich entschieden, Putzfrau zu sein, weil ich so die Gegenwart von Leuten spüren kann, ohne ihnen zu begegnen.

Madame denkt, dass ich zu alt bin, um Kosmetika zu verwenden. Ihre benutze ich nie.

Vielleicht ist es eine Form von Liebe, dass ich sie nicht benutze. Vielleicht ist es eine Form von Liebe, dass ich dann und wann den Räucheraal aus ihrem Kühlschrank esse. Nicht jedes Mal, dann und wann. Sie läuft weit, um ihn bei einem Libanesen in der Nähe der Place Maubert zu kaufen. Ich glaube, sie denkt, dass sie den Aal verliert. Einmal hat sie mich angerufen und gefragt, ob ich ihn nicht in ihrem Einkaufsbeutel gesehen hätte. Ich glaube, sie hat sogar mit ihrem Wahrsager darüber gesprochen.

Ich kenne Madame Léger nicht. Ich kommuniziere mit ihr über Nachrichten auf der Mailbox. Sie sagt: »Ich habe eine Verabredung.« Dann sagt sie: »Es ist eine wichtige Verabredung.« Am nächsten Tag sagt sie: »Sie müssen die Erde der Fuchsie erneuern, sonst geht sie ein.« Ich weiß, dass sie zu einem Wahrsager geht. Es gibt eine Audiokassette, darauf steht der Name des Wahrsagers, seine Adresse, sein Beruf *Wahrsager, Medium, Astrologie, Tarot* und *Konsultation vom 13. September.* Ich habe sie mir angehört.

Einmal hat sie mir sogar eine Nachricht hinterlassen und gesagt, die Fuchsie stehe nach Meinung ihres Wahrsagers für ihr Sexleben, man müsse sich darum kümmern. Ich nahm an, dass ich mich um die Fuchsie kümmern soll.

Sandwichs zubereiten macht unsichtbar. Abends in der Bar erzählen die Leute in meiner Gegenwart, was sie wollen, sie denken, dass ich nicht zuhöre, oder es ist ihnen egal: Es ist, als würde ich nicht existieren.

Ich vertrage es sowieso nicht, wenn man mich anschaut.

Ich mag es, dass man mich nicht sieht. Den anderen zu sehen ist völlig unwichtig, wenn man ihn nicht liebt. Ich frage mich, ob ich Leute kenne, die lieben. Ich frage mich, ob man das Bild liebt, das einem widergespiegelt wird, wenn man den anderen ansieht. Ich frage mich sogar, ob man jemanden wirklich sehen kann. Das ist vielleicht genauso unmöglich, wie den eigenen Rücken zu sehen.

Es ist nicht so, dass ich mir selbst übertriebene Beachtung schenken würde, es ist vielmehr so, dass mich meine Nichtbeachtung der Welt zum einzigen Zentrum meines Interesses macht. Die Welt interessiert mich nur, weil ich sie anschauen, sie sehen kann und verstehe, wie die Leute leben. Sie sollen mir nur nicht zu nahe kommen. Manchmal packt mich Panik: Ich stelle mir vor, wie mich ein Kostümstoff berührt, und das reicht, um vor Unbehagen zu erschauern. Das reicht, damit die Erinnerung an einen trockenen, rauen und faden Wollgeruch in mir aufsteigt.

Deswegen bin ich allein. Ich kann zwischen einer Person und einer anderen nicht unterscheiden. Mir scheint, ich kann sogar zwischen einem Mann und einer Frau keinen richtigen Unterschied machen. Als ich jung war, wachte ich manchmal mit einer Frau auf. Manchmal mit einem Mann.

Ich bin jetzt vierundsechzig: ein komisches Gefühl. Ab und zu serviere ich die Sandwichs im Saal, dann trage ich Schuhe mit niedrigen Absätzen. Ich ertrage es nicht, mit ganz flachen Sohlen zu laufen, dann habe ich das Gefühl, nach hinten zu fallen. Lieber würde ich nach vorne fallen, aber das wird kaum passieren. Für die Arbeit nehme ich einen Hocker. Ich setze mich drauf und schaue.

In der Bar ist es anders. Madame würde staunen: Manchmal schminke ich mich, und ich kleide mich, sagen wir, zeitgemäß. Kein Vergleich mit der Schmuddel-Liese, die in ihre Latschen schlüpft, sobald sie die Wohnung betritt. Ich liebe es, Madames Kleider zu ordnen, auch wenn ich nichts davon anziehen würde. Sie trägt Blumenmuster, aber solche, die ich nicht ertragen kann. Auf eines bin ich stolz: Ich habe mir eine Linie bewahrt, die eines Nullprozentjoghurts würdig ist, und ich könnte Blumen tragen, wenn ich wollte.

Wenn ich Sandwichs machen gehe, ziehe ich sogar geblümte Kleider an. Dort kann man mich sehen. Und wenn man gut gekleidet ist – korrekt, meine ich –, weckt man keine Aufmerksamkeit, jedenfalls nicht viel. Sodass man mich, selbst wenn man mich anschaut, eigentlich nicht sieht.

Zur Arbeit gehe ich zu Fuß. Ich habe immer ein Paar Schuhe zum Wechseln dabei, weil ich nie weiß, wann meine Füße anfangen wehzutun. Das ist komisch, es kommt mit einem Schlag: Plötzlich kann ich keinen Schritt mehr machen. Meinen Weg habe ich genau berechnet, ich gehe schräg über die Straßen, die ich gut kenne: Ich weiß genau, wo ich lang muss, um nach Hause zu kommen.

Ich wohne hinter einer versperrten Tür. Ja, ich weiß, das klingt merkwürdig, aber es ist so. Um zur richtigen Tür zu gelangen, muss man hintenrum gehen. Es ist so, als hätte es hier einmal einen Künstlereingang gegeben, der jetzt mein Eingang ist. Es gibt also die große, die normale Tür, die für das Publikum bestimmt war, und dann noch meine Tür. Früher war hier ein Ort, wo Leute vorbeikamen. Vor meiner Tür ist eine Art Hof, oder eher ein Durchgang. Gegenüber von meiner Tür stand eine Bank, auf der ich manchmal im Sommer saß. Ich wohne schon lange da, die Bank ist verschwunden, die Leute auch. Sogar das Haus gegenüber ist verschwunden. Ich erinnere mich an Martin, der sich im Keller vor seiner Frau versteckte. Ich reichte ihm Gläser mit Weißwein durch die Kellerluke. Aber das ist lange her.

Heutzutage bleibe ich drinnen, ich gehe nicht mehr aus dem Haus, außer für den Weg zur Arbeit und zurück.

Zu Hause mache ich mir manchmal die gleichen Sandwichs wie in der Bar. Ich decke den Tisch, serviere sie, und dann esse ich sie. Und ich denke an einen Comic von Charlie S: Ein Mann trennt sich von seiner Frau, er ist glücklich. Am ersten Abend deckt er den Tisch und isst seinen Bohneneintopf. Am zweiten Abend macht er es genauso, vergisst aber die Serviette. Von Abend zu Abend vergisst er immer mehr. Eines Abends isst er seinen Eintopf gleich aus der Dose, die er direkt auf die Herdplatte gestellt hat. Am nächsten Tag bringt er sich mit dem Dosendeckel um.

Es ist merkwürdig, ich liebe niemanden, ich habe keine Freunde, keine Familie, und trotzdem glauben die Leute, dass ich so ein Leben habe wie sie. Ein Leben, in dem etwas von einem verlangt wird: sich um die Mutter, den Sohn, die Nachbarin zu kümmern.

Ich kümmere mich nur um mich selbst. Ich habe kein

Telefon, das wäre sinnlos: Niemand ruft mich an, ich rufe niemanden an. Ich habe ein Mobiltelefon, das brauche ich, um Nachrichten zu empfangen, aber ich benutze es selten: Außer meinen beiden Arbeitgebern kennt niemand die Nummer. Es ist nur für den Fall, dass eine Abweichung vom Gewohnten eintreten sollte, aber das kommt nie vor.

Einmal hat mir eins der Kinder von Madame einen Zettel hinterlassen, wahrscheinlich ohne dass seine Mutter davon wusste. Er lag in seinem Bett: Madame hatte saubere, zusammengelegte Laken auf den Bettrand gelegt, was bedeutet, dass es frisch bezogen werden muss. Der Zettel lag unter der Decke.

Darauf stand: *Guten Tag, Madame, kannst du das Wasser von meinem Fisch wechseln, ich kann das nicht selber. Man muss ihn in eine Salatschüssel tun, aber im Sieb lassen. Und das Glas sauber machen.* Komisch, dachte ich, das Glas ist doch sauber. Ich antwortete ihm: *Ich habe das Glas sauber gemacht. Ich habe den Fisch in das Sieb und das Sieb in die Salatschüssel mit Wasser getan.* Ich legte meinen Zettel genau an die Stelle, wo er seinen gelassen hatte: So würde er ihn finden, wenn er nachschaute, ob ich seinen gefunden hatte.

Seiner Schrift nach zu urteilen ist er sieben oder acht. Der Kleidung nach auch: Seine Mutter kauft ihm Sachen für Zehnjährige, aber die Hosenbeine sind umgekrempelt. So finde ich sie im Wäschekorb. Ich habe ihn noch nie gesehen, aber seit er mir diesen Zettel geschrieben hat, denke ich an ihn, versuche ihn mir vorzustellen. In der Wohnung gibt es nur ein einziges Kinderfoto, im Flur. Darauf ist ein Mann im Profil zu sehen, er sitzt am Strand, schaut aufs Meer und umarmt ein blondes Kind auf seinem Schoß, das sich an ihn schmiegt. Das Kind ist noch klein und wirkt winzig in den Armen des Mannes. Es scheint zu schlafen. Wahrscheinlich ist er das, denn das andere Kind der Familie ist ein Mädchen.

Zwei Tage später fand ich einen anderen Zettel. Nicht unter dem Kopfkissen, sondern am gleichen Ort wie das Mal davor, unter der Decke, etwas weiter unten. Darauf stand: *Danke. Mein Fisch heißt Rochade. Er ist ein Kämpfer.*

Ich machte sein Zimmer sauber, staubte seinen Computer und seinen Schreibtisch ab. In Gedanken nenne ich ihn Rochade, wie sein Fisch. Kleine Rochade. Beim Staubwischen fragte ich mich, warum er mir geschrieben hatte, dass sein Fisch ein Kämpfer sei, wo er doch in seinem winzigen Glas ganz allein ist.

Als ich mit dem Zimmer fertig war, fing ich an zu bügeln. Ich hätte die Fenster putzen sollen, aber davor graut mir immer: Ich kann den Geruch des Glasreinigers nicht ertragen. Wenn ich mich nicht mehr länger drücken kann, gieße ich etwas Chlorwasser auf meinen Lappen, um den Gestank zu überdecken. Dann versuche ich, nicht zu sehen, was meine Hand macht, ich wende den Kopf ab und schaue mal nach draußen, mal auf die Scheibe selbst. Ich konzentriere mich abwechselnd auf das Glas und auf die Außenwelt, das lenkt mich ab, sodass ich weniger unter dem entsetzlichen Geruch leide. Ich putze die Fenster immer als Letztes, bevor ich gehe, dann hat der Geruch keine Zeit, sich in meinen Kleidern festzusetzen.

Madame mag es, wenn ich ihre Wäsche einwandfrei bügele, sogar ganz bestimmte Höschen, die aus Baumwolle. Sie hat mir gezeigt, wie sie sie gefaltet haben möchte. Das Höschen schrumpft zu einem kleinen Hügel, der sich dann auf dem Stapel halten muss. Den sie regelmäßig umwirft. Das ist nicht sinnvoll, aber da sie es so gewollt hat, soll sie sich halt damit herumärgern, die Stapel umzustoßen und wiederaufzurichten, das ist nicht mein Problem.

Ich mag es, die Hemden von Monsieur zu bügeln. Ich habe eine unfehlbare Technik: Ich bügele den oberen Teil, falte dabei das Hemd genau unterhalb der Passe im Rücken so, dass sich die schwierige Zone um den Kragen herum perfekt glätten lässt. Dann bügele ich den Kragen, indem ich die Halsöffnung auseinanderziehe. Zum Schluss bearbeite ich mit Nachdruck die Falte, die ich unterhalb der Passe gemacht habe.

Für die Laken habe ich eine ebenso effiziente Technik gefunden. Zuerst falte ich sie der Länge nach, die Bordüre nach oben, dann der Breite nach. Ich bügele die entstandenen Flächen, dann mache ich dasselbe auf der anderen Seite. Das, was nach unten gefaltet ist, wird gleichzeitig gebügelt.

Beim Bügeln einer Hose, die vermutlich Kleine Rochade gehört, beschloss ich, ihn zu fragen, warum er sagt, dass sein Fisch ein Kämpfer sei. Ich bügelte die Hose mit besonderer Hingabe und steckte den Zettel in die Tasche, dann legte ich die Hose sorgfältig oben auf den Stapel in seinem Schrank, damit es die nächste sein würde, die er anzieht. Dabei überlegte ich mir, dass ich auch bestimmen könnte, was er zu dieser Hose anziehen wird, und ich schaute mir seine T-Shirts und Pullover an. Ich wählte ein rotes T-Shirt, das ich obenauf legte, dann einen Jacquardpullover im gleichen Rot mit blau-weißem Muster. Ich hoffte, dass mein Plan aufgehen und seine Mutter nach dem erstbesten Stück greifen würde. Ich roch an dem Pullover: Der unangenehme Lavendelduft des Bügelsprays war verschwunden.

Ich bin sehr empfindlich für Gerüche geworden: für Gerüche von Kleidungsstücken, Leuten, sogar von Möbeln. Für den Wärmegeruch einer Glühbirne, den widerlichen, fast metallischen Geruch des Geschirrspülers, den Geruch der Erde in den Blumenkästen mit Madames Fuchsien, ein trockener und fader Geruch, der sich beim Gießen in einen schweren und stechenden Geruch verwandelt. Und dann meinen Lieblingsgeruch, den von schmutziger Wäsche, die man kocht, von Laken, Handtüchern, Geschirrtüchern, Baumwollunterhosen: ein fleischiger, dickflüssiger Geruch, ein bisschen widerlich, zugleich familiär, intim. Ich mag ihn besonders, wenn er mich auf der Straße überrascht, wo er aus der Luke einer Wäscherei im Souterrain entweicht. Ich bleibe immer einen Moment stehen, um ihn einzuatmen.

Als ich klein war, roch so die Wäsche von Maria, unserer Nachbarin. Sie stellte »das Weiße«, wie sie sagte, in einem großen Kessel mit Persil und etwas Chlorwasser auf den Herd. Das Wasser kochte stundenlang, und Maria erklärte mir, dass man »das Weiße« zu allem sagte, was aus Baumwolle war, auch wenn etwas Farbiges dabei war, wie die Karos der Geschirrtücher. Das Bleichmittel reichte nicht aus, um die Farben verschwinden zu lassen, und die Geschirrtücher waren sowieso garantiert farbecht. Sie gab mir einen großen Kochlöffel aus Holz und bat mich, die

Wäsche umzurühren, während das Wasser kochte. Ich stellte mich auf einen Hocker und rührte lange: Ich konzentrierte mich auf die ineinander verschlungenen nassen Wäschestücke und sog genüsslich den warmen Geruch ein, der mir in die Nase stach und sich in Dampfschwaden in der Luft auflöste.

Ich ging nach Hause. Unterwegs kaufte ich noch etwas ein, um mir ein Sandwich zu machen, so eins wie die, die ich heute Abend machen werde. Ich mag keine Veränderungen. Ich wohne jetzt seit vierundzwanzig Jahren hier. Die Gegenstände stehen immer am selben Platz, und ich mache mein Sandwich immer am selben Ort, auf dem Tisch vor dem Fenster, wo alles in Reichweite ist: links der Kühlschrank für die Butter, in der Tischschublade das Buttermesser, in der Ecke das Küchentuch. Ich habe den Tisch an die Wand geschoben, wo das Fenster ist, denn ich brauche nur einen Sitzplatz und schaue lieber in den Himmel, wenn ich esse, auch wenn ich nur ein Stück davon über dem Atelier meines früheren Nachbarn sehe. Er war Amerikaner; er störte mich nicht, weil er kein Französisch sprach, und ich hatte ihm nicht gesagt, dass ich Englisch kann. Wenn wir uns trafen, grüßten wir uns mit einem Kopfnicken. Der andere Nachbar, dem ich das Weinglas durch die Kellerluke reichte, ist schon lange umgezogen. Niemand hat seine Wohnung übernommen, er hat sie nicht verkauft, ist aber nie wiedergekommen, jedenfalls nicht dass ich wüsste.

Hatte ich ihn gern, auch nur ein kleines bisschen? Ich glaube nicht. Ich weiß noch, dass wir miteinander sprachen, das heißt, er sprach, meistens von seiner Frau. Er sagte, dass er ihr Geschrei nicht ertragen könne, aber sie schrie immer weiter, und er versteckte sich im Keller, außerhalb ihrer Reichweite. Ich fragte mich manchmal, wie er da herauskam – ich meine, in welcher Gemütsverfassung: Wartete er, bis sie vor Erschöpfung eingeschlafen war? Schlich er sich behutsam in das Bett neben sie, um zu verhindern, dass sie aufwacht? Und am nächsten Tag, wenn sie beide aufstanden, wie lange dauerte es, bis sie wieder herumschrie? Und wodurch wurde das Geschrei ausgelöst? Manchmal regen sich die Leute wegen einer Lappalie auf, ihr Zorn entspringt aus dieser winzigen Verschiebung, sie wird zum *Aleph*, das zur schwarzen Mauer ihres Zornes führt.

Ich bin fertig mit Essen; ich habe noch Zeit, bevor ich zum Restaurant muss. Meistens verbringe ich sie mit Computerspielen, bei denen man Buchstaben in Kästchen zu Wörtern ordnen muss.

Kleine Rochade spukt in meinem Kopf herum. Ich frage mich, wann er den Zettel finden wird. An welchem Tag, um welche Zeit, unter welchen Umständen, an welchem Ort. Ich versuche, mir den Weg des Papiers auszumalen und stelle Mutmaßungen an, was wohl am wahrscheinlichsten ist: Wird er ein Taschentuch aus seiner Schulmappe holen, es benutzen, in seine Hosentasche stecken und in diesem Moment das Papier an seinen Fingern spüren? Mir wird plötzlich schwindelig: Wenn das Papier aus seiner Tasche fällt, während er das Taschentuch rauszieht, wird Kleine Rochade es nicht merken, und es wird sich zu den unendlich vielen Zetteln gesellen, die man auf der Straße liegen sieht, Lottoscheine, Kassenzettel, Automatenfotos. Anonyme Wörter und Dinge, auch wenn man manchmal einzelne Sätze liest oder einem die Schrift auffällt. Ob jemand meinen Zettel aufhebt und sich fragt, wer das wohl geschrieben hat? *Warum nennst du deinen Fisch einen Kämpfer?* Plötzlich wird mir bewusst und es trifft mich wie ein Schock, dass ich die Vorstellung nicht ertrage, jemand anders als er könnte es lesen. Schnell überschlage ich, wie viel Zeit ich bräuchte, um in die Wohnung zurückzukehren, aber mir wird klar, dass das Unsinn ist: Ich bin schon fast zu spät für das Restaurant.

Dieses Kind, dessen Vornamen ich nicht kenne, ergreift von mir Besitz wie ein Gespenst von einem leeren Haus.

Ich arbeite gern im Restaurant. Ich sitze auf dem hohen Hocker hinter der Durchreiche. Ich sehe alles und höre Gesprächsfetzen von den Tischen. Man könnte die verschiedenen Themen verbinden und Cut-ups machen, Satzfetzen mit unterschiedlichen Inhalten zufällig zusammenfügen, sodass sie einen anderen Sinn ergeben und manchmal mehr über die Leute erzählen, als sie verraten wollen. Niemand schaut mich an, ich gehöre zum Inventar, wie die Metzgerin oder der Kassierer an der Mautstation. Heute Abend bin ich ein geblümtes Inventar.

Er ist klein, so breit wie hoch, mit Schnurrbart. Lauernder Blick. Er ist Gastwirt und »kommt ganz gut zurecht«, wie er sagt. Ich entnehme den Andeutungen, dass er seine Serviererin eingebüßt hat, weil seine Frau sie gefeuert hat. Er »mochte sie gerne«, fügt er hinzu.

Es ist erstaunlich, wie wir hinter unseren Rollen verschwinden. Ich sitze da und mache Sandwichs, und der einzige Mann, der mich sieht, ist einer, der eine Serviererin sucht, wahrscheinlich nur um seine Frau vor ihrer Nase zu betrügen. Ich halte mich zurück.

Er versucht mich zu überzeugen, ohne mir dabei eine Anstellung zu versprechen.

Er hat nur entfernt Ähnlichkeit mit einem Menschen, ganz aufgedunsen und das Gesicht mit einem aggressiven Schnurbart verriegelt. Fehlt nur der Pickel auf der Nase, dann wäre er würdig, auf dem Isenheimer Altar zwischen dem Pockennarbigen und dem Gehäuteten zu erscheinen. Er erzählt mir, dass seine Frau versprochen hat, ihn zurückzunehmen, wenn er mit den Seitensprüngen aufhört und sich ums Geschäft kümmert. Ich glaube nicht, dass er mich einstellen will, er hat wahrscheinlich nur das Bedürfnis, sein Herz auszuschütten. Oder denkt er, bei meinem Alter entgeht er der Versuchung?

Ich frage mich, ob er je eine Jugend oder sogar eine Kindheit gehabt hat. Vielleicht sind sie verflossen, ohne dass er es gemerkt hat.

Er erzählt, dass seine Frau ihn nicht liebt, aber einen Mann braucht, der hart arbeitet, einen, der clever ist und dafür sorgt, dass das Geschäft läuft. Also hat er gearbeitet, ist jahrelang um vier Uhr morgens aufgestanden, um die Märkte abzuklappern. Er hat sich sogar ein Glücksrad für das Restaurant ausgedacht, da kann man eine Vorspeise oder einen Kaffee gewinnen. Er hat eine Tochter, sagt er, eine nur, weil das Kindermädchen teuer war und sich weigerte, die Tischdecken zu bügeln und die Gläser im Restaurant abzuwaschen, während das Kind schlief. Seine Frau feuerte das Kindermädchen, und das Baby schlief allein, angebunden in seinem Bettchen, die Milchflasche in Reichweite. »Draußen ist bei uns im Sommer Selbstbedienung, das habe ich mir ausgedacht, aber meine Frau war noch besser: Sie hat die Selbstbedienung in der Wiege erfunden.« Er lacht unter Tränen, obszön.

Wahrscheinlich hatte er nicht genau gewusst, was ihn erwartete, hatte nur das Ziel vor Augen, sich hochzuarbeiten, als er noch Fleischer war und den Lieferwagen seines Chefs durch die tristen und eisigen Weiten fuhr, die die Dörfer an der Maas voneinander trennen. Wo man auf den Sommer wartet, um in mildere Gegenden zum Camping zu fahren.

Liebe ist eine riesige Lüge, ein Vorwand für den Alltag. Ich traue mich kaum, es zuzugeben, aber wenn er mir erzählt, dass er seine Frau liebt, wird mir beinahe schlecht.

Meine Sandwichs stapeln sich, keiner will welche. In der Bar plätschern die Gespräche dahin, der Mann ist in den Schatten zurückgekehrt. Ich steige von meinem Hocker und wage mich mit meinem Teller voller Sandwichs in der Hand in die »andere Welt«, jenseits von meiner Durchreiche. Ich hasse das Gedränge, die Körper, die sich berühren, die Ellbogen, die sich in weiches Fleisch, in dicke Bäuche bohren. Das hautnahe Beieinander ekelt mich, der süßliche Geruch der gestikulierenden Körper ist mir zuwider. Eine Panikattacke kündigt sich an: Ich stelle den Teller auf die Theke und flüchte zu meinem Hocker, wobei ich versuche, mich zwischen den Körpern hindurchzuschlängeln, ohne sie zu berühren. Wenn ich es schaffe, weniger als drei zu streifen, habe ich gewonnen. Ich konzentriere mich auf Details, innerhalb einer Minute sehe ich den Ellbogen einer Wolljacke, ein über einen Bauch gespanntes Baumwoll-T-Shirt, einen braunen Gürtel in einer Jeans und ein gestreiftes Hemd. Die Tür. Die

Schwelle. Die andere Seite. Als ich meinen Hocker erklimme, fühle ich mich wie eine Schiffbrüchige.

Ich bin klein und schlank, das ist ein Vorteil.

Ich räume die Durchreiche sorgfältig auf. Das Leben spielt sich alle Tage ab. Besser gesagt, alle Abende.

Ich gehe raus. In diesem Moment gibt es immer einen kurzen Zweifel. Den Moment, wo man von einem Zustand in einen anderen übergeht, von drinnen nach draußen. Heute Abend fühle ich mich wie in dem Lied *Sometimes I Feel Like a Motherless Child*.

Ich laufe Straßen lang, die ich gut kenne, deren Tore und Kellerfenster mir vertraut sind. Es ist eine Kulisse, in der ich mich sicher fühle, es gab noch nie eine Überraschung in diesen Straßen, die ich in meinen Schühchen durchschreite. Ich bin allerdings auch sehr unauffällig: Ich habe fast flache Schuhe angezogen und ein Hängekleid. Ich ziehe gerne meine hübschen Blusen aus und trage baumelnde Kleider, weil ich mich darin wohlfühle: Nichts, was die Aufmerksamkeit auf sich zieht, und wenn, dann ist es eine Aufmerksamkeit, die dich sogleich in den Schatten der Gleichgültigkeit zurückwirft. Zu all den herrlichen Grautönen, die so vertraut sind, dass man sie nicht sieht. Baumeln weist die Aufmerksamkeit ab, Blumen ziehen sie auf sich und machen deshalb etwas Angst; wenn du ziemlich gut gekleidet bist, gehst du als normale Person durch, als eine, die man ansprechen könnte. Das Baumeln als solches ist wie ein Blick gerade an der Schwelle der Verachtung.

Mein Gott, und wenn Kleine Rochade einen Vater hat, der dem launischen Gastwirt ähnelt?

Ich würde das Kind gern nach Chartres mitnehmen. Im März, zur Frühlings-Tagundnachtgleiche, wenn der fehlende kleine Glassplitter im linken Kirchenfenster einen Sonnenstrahl eindringen lässt, der genau das Labyrinth anstrahlt. Ich möchte, dass er einmal das Blau von Chartres sieht.

Ich hatte ein Kind. Es ist lange her.

Es ist ein helles Zimmerchen mit einer großen Glastür. Jeden Tag mache ich das Bett von Kleine Rochade, jeden Tag außer mittwochs und am Wochenende. Heute habe ich wieder einen gefalteten Zettel gefunden. Er fragt, ob ich seinen Fisch nicht vergessen habe. Ich muss ihm antworten.

Ich wühle im Schreibtisch, bis ich einen Stift finde, dann schreibe ich auf ein neues Blatt, falte es zusammen und lege das Papier in das gemachte Bett, in die Mitte, damit er es an den Füßen spürt. Für den Fall, dass seine Mutter das Bett aufschlägt, um es vorzubereiten, bevor er sich hinlegt. Ich ziehe das Laken und die Decke hoch, decke den gefalteten Zettel zu. Ich möchte mir nicht vorstellen, dass er verlorengehen könnte.

Ich habe ihm geschrieben, dass ich ihn nicht vergessen habe. Im Gegenteil.

Es ist Nacht. Ich laufe auf dem Bürgersteig, mit eiligem Schritt. So laufe ich nachts. Es ist eine Mischung aus Neugier auf das, was um mich herum passiert, und dem Bedürfnis, mich vor dem zu schützen, was ich sehen könnte, was ich sehen werde. Das ist keine Angst, ich habe keine

Angst. Ich fürchte das, was ich sehen könnte, nur deshalb, weil es sich auf meiner Retina, in meinem Gehirn einprägen wird und ich die Bilder danach nicht mehr loswerde. Sie setzen sich fest, und man weiß nicht, wie die Auswahl vor sich geht, aber meistens sind es die blödesten, die bleiben und an die man sich von Zeit zu Zeit erinnert. Vielleicht, weil sie simpel sind, inmitten einer Leere, in der nur sie allein dargestellt sind, ohne jeden Zusammenhang zur Unmittelbarkeit des Alltags. Die Farben, die man nicht herbeigerufen hat, setzen sich fest, verstopfen das Denken und lenken von dem ab, woran ich wirklich gern denken möchte.

Ich würde gern eine Nacht im Louvre verbringen, wo die Bilder sich nicht rühren, wo es nur die kleinen Lebenszeichen des Gebäudes gibt, schon gehörte, schon in meinem persönlichen Tonarchiv registrierte Geräusche, Geräusche, die mich nicht verunsichern können, weil sie immer schon Teil von mir gewesen sind. Die unwillkürlich registrierten Geräusche einer frischen Erinnerung, Geräusche, die sich in der frühen Kindheit einprägen. Nicht dieser wiederkehrende Brei, diese Hölle von Wörtern, Geschrei, Sirenen, Reifen auf dem Asphalt, knisternden Plastiktüten.

Starre Bilder, die in meiner eigenen Vorstellung leben könnten, die ich genau so bewegen würde, wie ich es will. Das Bild wird zum Lebensresümee, das ich nach Belieben ausbreiten kann. Das Geräusch wäre meine kleine persönliche Musik, und um die Gerüche der Orte zu vermeiden, an denen es von Menschen wimmelt, würde ich zu einem mit Parfüm getränkten Stück Stoff greifen, das an den Geruch von frischgeschnittenem Gras oder von Weinranken im Frühling erinnert, ein grüner, etwas säuerlicher Geruch.

Die Passage de l'Industrie, schwarz glänzend von den Wasserpfützen auf dem abgetretenen Pflaster, ist völlig still; man hört nur meine Schritte, ein leichtes, gedämpftes Geräusch. Als würde ich den Boden kaum berühren. Ich wiege wirklich fast nichts; ich bin nicht sehr groß, und jedes unnötige Gewicht ist verschwunden. Ich bin auf das Notwendigste reduziert.

Ich bin froh über diesen Körper, der auf kleinstem Raum umfasst, was zu seinem Überleben unverzichtbar ist, Augen, Ohren und eine Nase, dazu das, was man braucht, damit diese Organe funktionieren. Der Mund ist Zubehör geworden, wie der übrige Körper.

Vor einer ganzen Weile habe ich festgestellt, dass die Bilder der Außenwelt mich angreifen; ich hatte das Gefühl, sie seien nur dazu da, mich an der Wahrnehmung meiner eigenen Bilder zu hindern, so als würde mich die Außenwelt in eine Denkmaschine verwandeln, die mich durch die anderen denken ließ. Das ging so weit, dass sogar das Leben der anderen von der gleichen Erscheinung betroffen schien, sie führten nicht ihr eigenes Leben, sondern ein von Fernsehsendern programmiertes, das in Endlosschleife von Real Life zu Real Time überging. Ein von niemandem gesteuerter Avatar aus *Big Brother*, wo die Menschen von den Vorstellungen der anderen durchdrungen sind und zum Träger von Programmen werden, die durch Maschinen in ihrem Innern erdacht werden und ihnen sagen, was sie wann und wie zu tun haben. Ich wehre mich nach Kräften, um mir meine eigene Geschichte zu erzählen, aber der Anblick der anderen stört mich. Ich habe nur Lust auf das Bild des Kindes.

Auf dem letzten Zettel war von einem Kätzchen die Rede.

Die letzten Meter bin ich fast gerannt. Ich habe es eilig, nach Hause zu kommen, die Tür hinter mir zu schließen. Ich habe es eilig, mich umzuziehen, etwas anderes auszuprobieren, eine andere Geschichte, die von anderen Kleidern erzählt wird. Ich habe es eilig, mich selbst in anderen Kleidern zu spielen, mich anders zu erleben, so wie ein Kind spielt, sich als Prinzessin verkleidet und versucht, sich im Verlauf der Verwandlung wiederzuerkennen.

Die einzige Begegnung, die ich heute hatte, ich meine, eine Begegnung, an die ich mich gerne erinnere, war eine Alte, die es aufgegeben hatte, so zu tun, als wäre sie da, wo sie war, glücklich. Sie saß auf einer Bank gegenüber einem Fenster meiner Wohnung und lutschte ein Bonbon, das sie nach einer gewissen Zeit aus dem Mund holte und wieder in das Bonbonpapier legte, dessen Enden sie sorgfältig zudrehte. Dann öffnete sie es wieder und steckte das Bonbon wieder in den Mund. Bei jeder Lutschbewegung schien ihr Kinn beinahe abzufallen, aber sie sah begeistert aus, immer dasselbe Bonbon zu lutschen. Genoss sie ihre Unzulänglichkeit? Mir gefiel ihre Gleichgültigkeit gegenüber der Umgebung.

Ich weiß nicht, ob man das eine Begegnung nennen kann.

Ja. Jedenfalls war es zu schwierig, anstrengend, belastend, sinnlos, hinunterzugehen, um ihre Bekanntschaft zu machen. Es wäre interessant gewesen, sie von nahem zu sehen, aber die Mühe, die diese Unternehmung gekostet hätte, war zu groß: Es lohnte sich nicht. Das Wort »Begegnung« kann letztendlich sowohl für die Sache als auch für deren Vorstellung stehen.

Ich hätte sie gerne angezogen, hätte gern ein Kleid über die alten Brüste, den alten Bauch, die alten Schenkel gestreift. Ich stelle mir vor, wie meine Brüste, mein Bauch und meine Oberschenkel schlimmstenfalls aussehen könnten, wenn ich meinen eigenen Körper Falten, Höhlen und Beulen bilden sehe. Es ist faszinierend, die Verwandlung dessen zu betrachten, was noch nicht sehr alt ist – ich bin erst vierundsechzig, und sie muss schon achtzig sein –, aber nicht mehr die Festigkeit des Fleisches in der Jugend und auch nicht die der Reife hat. Man sieht in gewisser Weise die Zukunft des Körpers. Ich stelle mir die Frau vor wie ein Kind im Körper einer Alten. »Sie ist niedlich.« Man spricht von den Alten, wie man von Kindern spricht, wie von Menschen, die kein eigenes Leben haben. Als wären sie schon gar nicht mehr da.

Dabei war sie faszinierend. Sie sah aus, als hätte sie das gesamte Wissen der Bibliothek von Alexandria in ihrem Kopf versammelt. Sie hielt ihr eingewickeltes Bonbon fest, als enthielte es ein Geheimnis, das nur sie kannte.

Vielleicht war es das Geheimnis des Vergessens, das sie in diesem Bonbonpapier festhielt, das sie auf- und zuwickelte. Ich weiß nicht genau, was das bedeutet, aber mir scheint, dass es so etwas ist. Kommt Altwerden im Vergessen oder vom Vergessen? Für mich ist das ein Rätsel. Altwerden, wann ist das? Gibt es einen exakten, bestimmten Zeitpunkt, an dem man sagen kann: »Jetzt«? Ist es dann so weit, wenn man sich Dinge, Ereignisse, Namen ins Gedächtnis zu rufen versucht und sie einem nicht mehr einfallen? Ich glaube, man vergisst jeden Tag. Es ist eigentlich fast unmöglich, dass die Elemente eines Lebens, Tag für Tag, in einen einzigen Kopf hineinpassen. Wohin geht die Erinnerung an die Tage, die entfliehen?

Eines Tages denkt man, man ist alt. Der Blick der anderen sagt es einem. Oder der Spiegel. Mir ist es gleich, ich schaue mich nur im Spiegel an, um meine bekleidete Gestalt zu sehen, aus Freude an der Kleidung. Wegen ihrer Farbe, ihres Materials, ihrer Textur, ihres Falls, ihrer Falten, ihres Stils. Manche Kleidungsstücke sind Kunstwerke.

Mit den Schuhen ist es das Gleiche. Es gibt Schuhwerk, und es gibt Schuhe. Eines Tages habe ich mir den Spaß gemacht, die Synonyme für »Schuh« zu suchen. Es gibt Latschen, Treter, Stiefel, Boots, Stiefeletten, Wanderschuhe, Slipper, Pumps, Espadrilles, Mokassins, Pantinen, Eskarpins, Galoschen, Clogs, Pantoletten, Botten, Holzpantoffeln, Sandalen, Sandaletten, Ballerinas, Römerlatschen, Filzpariser, Bambuschen, Socken, Trittlinge, Elbkähne, Kindersärge, Opanken, Kothurne, Hausschuhe, Schlappen, Knobelbecher.

Schuhe sind eine komische Erfindung. Ich kenne mindestens zwei Legenden, die Anspruch darauf erheben, ihren Ursprung zu offenbaren. Die eine erzählt, dass die Chinesen sie erfunden haben sollen, weil sie es leid waren, die Wege mit Samt zu bedecken, der sanft an den Füßen, aber nicht sehr praktisch war.

Die andere Legende kommt aus der Türkei. Man erzählt sich, dass in einer entlegenen Höhle Anatoliens ein Bär lebte, der die jungen Mädchen des Dorfes entführte, um ihnen die Fußsohlen abzulecken, bis sie sich zu Tode lachten. Ein junger Mann aus dem Dorf hatte den Einfall, eine »fußbekleidende Hülle« zu konstruieren, die das Dorf vor der Mädchenknappheit bewahrte.

Haben die Nazis begriffen, was sie taten und was es aussagte, als sie diese Berge von Schuhpaaren anhäuften? Genau da ist der Schuh zum Sinnbild der Menschlichkeit geworden. Oder ihres Gegenteils.

In all den Jahren, in denen ich so im Schweigen gelebt und die Kommunikation mit den anderen auf das absolut Notwendigste beschränkt habe, wie eine Katze, die ihre Pfote vorstreckt und in derselben Bewegung zurückzieht, habe ich Berge von Büchern gelesen, die jetzt stapelweise in der Wohnung herumliegen. Um das alte Kanapee aus gelblichem Leder herum habe ich mehrere Stapel zusammengeschoben und ihre Höhe so angepasst, dass ich ein Tablett darauf abstellen kann: So esse ich manchmal in Gesellschaft von Autoren und ihren Wörtern, die an etwas erinnern. Ich habe den Eindruck, dass die Welt sich darauf beschränken lässt, und das genügt mir. Ich brauche diese Bücher nicht einmal mehr zu öffnen.

Diese Stapel könnten ruhig weniger wacklig sein. Ich könnte sie mit Gips überziehen, damit sie nicht in sich zusammenfallen. Immer ist es ein Buch aus der Mitte, das zuerst nachgibt, ins Rutschen kommt und die anderen mit sich reißt. Alle Bücher in der oberen Hälfte des Stapels, oberhalb des Buches, das nachgegeben hat, werden zerstreut, klappen auf, fallen bunt durcheinander auf den Buchschnitt oder mit den Blättern auf den Boden, sodass auch noch Eselsohren entstehen. Ich könnte natürlich eine Schüssel mit frischem Gips auf den Boden stellen, mit Absicht ein Buch aus der Mitte herausziehen und den Rest des Stapels so ausrichten, dass die Bücher durcheinander in die Schüssel fallen. Dann müsste man das Ganze nur noch trocknen lassen – aber diese Geometrie des Zufalls gefällt mir nicht.

Ich glätte den Gips in der Schüssel, die Masse ist weich und geschmeidig. Auf der Erde liegt der erste Stapel: Ich ziehe Handschuhe an, greife in die Schüssel und verteile den Gips auf den Büchern. Die Gummihandschuhe sind unangenehm. Von ihrer anfangs weichen Innenseite lösen sich kleine harte Kügelchen, deren Berührung haarsträubend ist. Ich streife sie ab und ziehe mich gleichzeitig nackt aus, dann muss ich meine Sachen nachher weder abkratzen noch waschen.

So ist die Berührung des Gipses viel angenehmer, aber er reicht nicht. Ich bräuchte mindestens einen 25-Kilo-Sack.

Der Gedanke gefällt mir. Ich ziehe mich wieder an. Der Farbenhändler – ich mag dieses Wort – ist nicht weit, nicht zu weit, um einen Sack Gips zurückzubringen oder bringen zu lassen, sogar fünfundzwanzig Kilo.

Dann bin ich so weit. Ich habe Gips und reichlich Zeit.

Weitermachen. Ich ziehe mich aus und wiederhole die gleichen Bewegungen, Wasser, Pulver, rühren, glätten. Meine Hände ergötzen sich an der Masse, ich schmiere erst die Einbände ein, dann noch etwas zwischen die Bücher, die Stapel entstehen neu – sie sind nie genau gleich hoch, aber das macht nichts, es wird halten, und der Anblick ist viel hübscher. Das hoffe ich zumindest. Ich gebe Wasser hinzu, um den Gips zu strecken, und rühre wieder. Meine Hände stecken in Handschuhen aus weicher Masse, ich male mir aus, wie ich aus dieser Kruste herauskommen würde, wenn …

Ohne dass ich weiß, wie es gekommen ist, habe ich meinen Bauch und meine Pobacken mit dieser Paste eingeschmiert, die sich kühl auf der Haut anfühlt, habe meine Brüste und meine Schultern geformt, meine Oberschenkel in die Gipsmasse versenkt. Behaarte Stellen spare ich sorgfältig aus.

Dann bleibe ich so und bewege mich nicht. Ich warte. Ich will wissen, wie es ist, unbeweglich zu sein, dazusitzen, die Beine auf dem Fußboden ausgestreckt. Der Gips hat sich den Falten meines Bauches angepasst. Mit einem Finger markiere ich zwei Trennlinien vom Unterschenkel bis zur Achselhöhle, damit ich mich aus der Form lösen kann, ohne den Gips zu zerstören. Die Form für den Rücken mache ich ein andermal – unter den Pobacken ist der Gips einfach platt.

Ich muss mir überlegen, wie das geht. Vielleicht kann ich mich in einer ausreichend großen Schüssel auf den Rücken legen, mich wieder aufrichten und warten, bis es trocknet. Mit dem Rücken ist das nicht so einfach.

Ich bleibe lange sitzen, die Ellbogen auf den Boden gestützt, um nicht wie die Bücherstapel das Gleichgewicht zu verlieren. Nicht umkippen, unbeweglich bleiben. Bis mir die gehärteten Kanten des Gipses wehtun. Dann warte ich noch weiter.

Ich bin nach hinten gefallen. In Gedanken versunken, hatte ich meine instabile Lage vergessen. Der Gips ist von meinen Brüsten abgefallen, er ruht auf meinem Bauch. Er hat die Falten meines Körpers angenommen, ist exakt all meinen Kurven gefolgt. Er ist nicht trocken, aber er hält. Sieht aus wie ein Faschingskostüm. Ich verkleide mich mit meinem eigenen Abbild.

Ich erinnere mich an ein Spiel des Kindes. Es besteht aus Murmeln, die auf einem Eisengestell rollen, das auf einem Holzsockel befestigt ist. Eine Murmel sein, an einem Faden entlangsausen und zurückkommen, wie die Wellen in ewiger Wiederkehr: Die Metapher ist perfekt, absolut repräsentativ. Ich habe das Gestell hergestellt, jetzt kann ich sausen. Der einzige Unterschied ist, dass es bei dem Spielzeug des Kindes zahlreiche Murmeln gibt; ich bin alleine an meinem Faden. Wie in dem Gedicht von Colette Peignot:

Je me suis retrouvée
Tout enfermée
Comme en un cercle
Auquel j'échappe
Par cet autre qui m'y ramène

Ich habe mich gefunden
Alle Glieder gebunden
Wie in einem Kreis,
Dem ich entweiche,
Doch es bleibt das Gleiche.

Ich habe eine Liste gemacht, eine Liste der Dinge, die ich lieben könnte. Das Kind steht an erster Stelle. Ich möchte es sehen, plötzlich ist es wie ein stechender Schmerz, wie quälender Hunger. Bei mir, die ich nur Dinge liebe, taucht plötzlich eine Person auf. Wobei es nicht ganz eine Person ist, da ich es nie gesehen habe, da ich es nicht kenne.

Ich stelle es mir anhand seiner Kleidung vor. Jetzt bin ich es, die es anzieht, tagtäglich oder fast. Oben auf die Stapel lege ich die Sachen, von denen ich möchte, dass es sie trägt. Das klappt, ich merke es an dem, was ich im Wäschekorb finde. Ich stelle es mir in seiner Hose aus sanftem, weichem, geschmeidigem Flanell vor.

Wenn das Kind hierherkäme, müsste ich bestimmte Dinge entfernen, um ihm etwas Platz zu machen. Vielleicht könnte ich in den Durchgang, der keiner mehr ist, wieder eine Bank stellen, und statt dem Nachbarn durch das Kellerfenster ein Glas Wein zu reichen, könnte ich dem auf der Bank sitzenden Kind ein Glas Wasser bringen.

Im Haus von Madame steht die Anschrift und Telefonnummer seiner Schule. Ich frage mich, ob ich es an seinen Haaren erkennen würde, seinen blonden Haaren. Ich müsste ein neueres Bild finden.

Aber vorher muss ich die Bücher zu Ende eingipsen.

Ich weiß nicht mehr, wie es kam, dass ich mit niemandem mehr sprach. Ich habe den Eindruck, es kam ganz von selbst, es gab immer weniger Leute, mit denen ich sprechen konnte. Vielleicht auch immer weniger Dinge zu sagen, vielleicht ist es das Gefühl, das kommt, wenn man älter wird, man denkt, es gibt eine begrenzte Anzahl von Wörtern und man hat so lange immer dieselben wiederholt, dass es sich anfühlt, als würden sie nichts mehr bedeuten. Vielleicht gibt es auch für jeden eine Quote von Wörtern, und ich komme dem Ende meiner Ration näher, deshalb spare ich. Ach ja, ich erinnere mich, wann ich aufgehört habe: Es war an dem Tag, als ich mich dabei ertappte, wie ich denselben Satz wortwörtlich wiederholte. Ich hatte vergessen, dass ich ihn ausgesprochen hatte, das fiel mir in dem Moment auf, als ich ihn wiederholte, und ich merkte, dass es keine Bedeutung hatte, weder so noch so. Ich glaube, da ging es los. Und ich glaube, ich habe nichts mehr zu sagen, die Wörter sind mein Eigentum geworden: Sie lustwandeln in meinem Kopf, und das ist sehr gut so.

Das kam mir gelegen. Ich hatte keine Lust mehr, zu reden. Ich hatte das Empfinden, dass ohnehin kein Wort hätte ausdrücken können, was ich hätte sagen wollen, wenn ich dazu Lust gehabt hätte.

Genau, ich möchte Kleine Rochade, das Léger-Kind, sehen. Den Sohn von Madame. Ich suche ihren Namen im Inernet. Ich erinnere mich, dass ihr Vorname Clarisse ist. Der ist nicht so häufig.

Volltreffer. Sie ist bei Facebook, mit ihrer ganzen kleinen Familie, schöne, mit Photoshop retouchierte Fotos: Der Himmel ist darauf fast grün.

Das Kind rennt, seine Haare fliegen. Es hat immer noch zarte blonde Locken, eine Spur weniger golden als auf dem Foto in der Diele, wo es in den Armen seines Vaters schläft. Es wird tatsächlich sieben oder acht sein.

Ich habe sämtliche Fotos kopiert, auf denen es zu sehen ist. Ich habe sie beschnitten, um nur das Kind drauf zu haben, und zwölf Fotos ausgedruckt, die ich alle zusammen mit Klebestreifen an eine Wand kleben werde, an die hintere, damit ich sie sehe, wenn ich reinkomme. Meine Wohnung ist ganz nach Blickrichtungen eingerichtet: Ich weiß, was ich gerne sehen möchte, wenn ich hereinkomme, und was ich sehe, wenn ich in die andere Richtung schaue, von drinnen nach draußen. Ich mag es, beim Eintreten meine Sachen zu sehen, die wirklich persönlichen Dinge, vielleicht durcheinander, aber vertraut, wahllos ausgebreitet, so sollen sie auch bleiben. Das, was zufällig hingestellt wurde, ist unveränderlich geworden; ich mag Verknüpfungen, die nicht geplant sind: Sie sind viel natürlicher, sie entstehen durch etwas, was mir eigen ist. Niemand hat dieselbe Unordnung wie ich.

Wenn ich rausgehe, will ich Gegenstände oder Bilder

sehen, die in der Zeit des Anderswo mit mir leben werden. Ich will sie neutral, aber wohlwollend. Ich misstraue Dingen, die an andere Dinge erinnern.

Meine Tage sind perfekt zugeschnitten: Es ist wie beim Film, nur dass die Minuten länger dauern. Jede Szene muss sitzen, die Zeit muss durchgeplant sein: Von dann bis dann arbeite ich bei Madame, eine Stunde brauche ich für den Heimweg – ich kalkuliere für den Hinweg wie für den Rückweg immer einen Spielraum von mehr oder weniger fünf Minuten, das ist das Maximum –, dann bin ich zwei Stunden zu Hause, wo ich machen kann, was ich will, sofern ich den festgesetzten Zeitplan nicht überschreite, dann habe ich eine Stunde zum Essen, eine Stunde für Besorgungen, Post oder Krankenversicherung, dann eine Stunde für den Computer, und dann gehe ich zur Arbeit ins Restaurant. Das Prinzip von mehr oder weniger fünf Minuten wende ich nur bei den Aktivitäten außerhalb der Wohnung an.

Dabei waren mir Gewohnheiten lange Zeit zuwider.

Manchmal würde ich gerne ein bisschen wegfahren, zum Beispiel die Kathedrale von Chartres oder den Strand von Trouville besuchen, aber mich stört die Vorstellung, dass da Leute sind. Sie sind im Zug, auf der Straße, in der Kathedrale, am Strand, überall.

Ich halte alle Zeitpläne ein. Nur wenn ich am Computer spiele, überziehe ich manchmal. Was mich am meisten interessiert, ist etwas, das aus der Norm fällt, das nicht vollkommen ist, wie in *Pornographie* von Witold Gombrowicz: Eine der Personen hat einen Pickel auf der Lippe.

Mach auf, Topolina.«

Es ist Graf, der da klopft. Ich habe durch die Gardine geschaut: ganz er selber, gewaltig und breit, in senffarbenem Samtjackett, das Hemd diskret gemustert, Ton in Ton, in herbstlichen Farben, mit der ewig gleichen kleinen Schnur, die ihm als Krawatte dient, Hosen aus dunkelgrauem Wollstoff und perfekt geputzten Schnürschuhen. Das Ganze gekrönt mit einem Filzhut von Meisterhand. Er sieht aus wie ein alter Komödiant aus früheren Zeiten, unnahbare Eleganz. Er hat eine sehr männliche Stimme, Bassbariton, geschmeidig und melodisch. Ich liebe solche tiefen Stimmen, besonders wenn sie ein wenig kratzen.

Niemand klopft sonst je an die Tür. Die Nachbarn haben es aufgegeben. Der Briefträger hat Anweisung, Einschreiben beim Hausmeister abzugeben. Der Hausmeister steckt sie in den Briefkasten. Die Zähler sind draußen.

Reden. Wir werden reden müssen. Vielleicht auch nicht. Vielleicht wird er das Gespräch bestreiten. Ich werde nur reden, wenn ich Lust habe.

Ehe ich überhaupt weiß, ob ich Lust habe, öffne ich die Tür. Er kommt herein, sagt guten Tag. Mir fällt ein Abzählreim aus meiner Kindheit ein, in einer anderen Sprache als der, die ich heute spreche, in dem es heißt: »Geht ein Mann die Treppe rauf, klingelingeling, klopft an, guten Tag, Herr Nasemann.« Den Aufstieg macht man mit zwei Fingern, die zur Schulter »laufen«, man klingelt am Ohrläppchen, klopft an die Stirn und kneift in die Nase, um guten Tag zu sagen.

»Topolina, meine Liebe, ich brauche dich.«

Er setzt sich auf das alte Ledersofa, holt einen hübschen kleinen Flachmann aus Silber hervor und reicht ihn mir. »Laphroaig, dein Lieblingswhisky.«

Ich trinke einen Schluck und gebe ihm seinen Flachmann zurück. Er trinkt, ohne den Kopf zu bewegen, kippt die Flasche, ohne mich aus den Augen zu lassen.

Ich habe das Gefühl, dass Graf immer in meinem Leben war. Ich weiß nicht mehr, wie und weshalb er da hineingeraten ist. Er ist eine Art netter Onkel. Ich habe ihn nie unter einem anderen Namen gekannt, trotzdem weiß ich, dass es nicht sein richtiger Name ist. Vielleicht habe ich ihn irgendwann gewusst, aber er ist in der Versenkung meines Gedächtnisses verlorengegangen.

»Ich möchte, dass du mit mir in die Schweiz fährst, nach Zürich.«

»Wozu?«

»Um dort ein paar Tage zu verbringen, meine Liebe.«

Graf war seinerzeit ein renommierter Kunsthändler. Er ist ein schweigsamer Mensch, der die Oberfläche der Dinge nur streift. Anekdoten findet er banal, die Worte können ihre Bedeutung nur anreißen, sie sind Quellen von Mutmaßungen. Ich kenne eine ganze Anzahl Geschichten, die er erzählen könnte: Ich habe sie mit ihm durchlebt.

Bevor er Gemälde von Meistern verkaufte, hatte er immer eine mit kostbaren Dingen gefüllte Börse in der Tasche: verhedderte und kaputte Goldketten, Perlen, Steine ohne Fassung, kaputte Uhren, Zahnsplitter aus Gold. Er breitete sie auf den Bistro-Tischen aus, und wir erfanden die Geschichte von einem der Schmuckstücke oder die Umstände, unter denen man den Goldzahn aus einem Mund entfernt hatte. Wir wetteiferten, wer sich die absurdeste Geschichte ausdachte. Damals war er redegewandt.

Ich habe nie erfahren, woher er diese Sachen hatte und was er damit anstellte. Ich habe auch nie erfahren, wie er plötzlich reich geworden ist. Das merkte ich erst später. Mitte der kunstfreundlichen achtziger Jahre riss man sich um Gemälde großer Meister, man zahlte irrsinnige Summen, die Begehrlichkeiten weckten. Graf hatte der Versuchung wohl nicht widerstehen können, aber das ließ mich kalt.

Er fragt nicht, warum ich Gips an Händen, Hals und Füßen habe. Er scheint die Schüssel, den Sack, die aufgestapelten, eingegipsten Bücher gar nicht zu sehen. Er scheint sich nicht mal zu wundern, mich in diesem gestreiften Morgenrock aus kratziger Wolle zu sehen.

Graf ist irgendwie der Inbegriff von Eleganz, sowohl äußerlich als auch psychologisch, ich weiß, dass du weißt, dass ich weiß. Und nie ein verschwörerischer Blick. Ich weiß, und das ist meine Geschichte. Ich mag diese Art, das, was einem eigen ist, was von einem selbst kommt, nicht mit dem zu vermischen, was woandersher rührt.

Wahrscheinlich ertrage ich Graf genau deshalb. Es ist typisch für ihn, dass er sich nicht herausnimmt, Dinge der anderen ohne deren ausdrückliche Genehmigung, ohne deren ausdrücklichen Wunsch zu berühren. Ich spreche nicht von materiellen Dingen, ich spreche von ihren Leben. Von diesen kleinen Dingen, die sich in den Köpfen abspielen; man könnte meinen, er habe deren Unbeständigkeit erfasst und wisse, dass darüber heute zu sprechen etwas anderes ergeben würde als das, was man gestern darüber gesagt hat, aber auch anders wäre als das, was man morgen darüber sagen wird, und dass der Weg einsam ist.

Dennoch ist sein Blick voller Anteilnahme. Er weiß, dass es für alle dasselbe ist.

»Könntest du einen Wagen mit 67er, besser 68er Kennzeichen besorgen?«

Er spricht vom Elsass. Jener Gegend ganz nah an der Schweiz. Es müsste ein alter, ein geborgter Wagen sein, die neuen haben seit einiger Zeit kein Département-Kennzeichen mehr.

Grafs Heftigkeit. Unter seiner vornehmen Erscheinung sind seine Forderungen von einer Heftigkeit, deren Ausmaß ihm durchaus bewusst ist. Es ist die Heftigkeit der Kindheit, und er weiß es. Er kommt aus Straßburg, ich aus Colmar – zwischen beiden Städten liegen etwa siebzig Kilometer. Sind wir einander vielleicht nähergekommen, weil wir beide keine Sprache haben? Oder weil wir dieselbe Sprache haben, die in keinem Wörterbuch steht? Kann sein. Zwei umherirrende Kafkas ohne Muttersprache, die ohne Unterschied in zwei Sprachen schreiben und sprechen, Deutsch und Französisch, beide nicht die, die sie im Munde führten, als sie ihre ersten Wörter sagten. Dabei sind wir in zwei unterschiedlichen Welten aufgewachsen: er in der Straßburger protestantischen High Society, ich in der Welt eines fast fundamentalistischen Katholizismus, der das Gesetz des Alltags diktiert. In unmittelbarer Nähe der lutherischen Bedrohung – die sich deutlich vom Protestantismus der Straßburger High Society unterscheidet, in einem dieser gespaltenen Dörfer: katholisch auf der einen Seite und protestantisch auf der anderen.

Eine subtile Mischung der Ursprünge auf so kleinem Territorium, die umso heftiger wirkt, weil sie nicht einmal den Schatten von Wirklichkeit behält, sobald man dieses Territorium verlässt. Abgesehen von der Spur der Mischungen und der Unterschiedlichkeit, die die Sprache prägt. Und vielleicht auch von der Wärme der Düfte von Zimt, Muskat, Sternanis und Ingwer in den Kuchen unserer Kindheit.

Für die Schweiz, dieses kleine, zwischen Vogesen und Rhein eingebettete Gebiet, ist das sehr praktisch. Mülhausen und Basel sind in diesem *Dreyeckland*, wo die französische, die deutsche und die Schweizer Grenze aufeinandertreffen, nur wenige Kilometer voneinander entfernt. Die Zöllner sind Elsässer, Deutsche und Schweizer, weil die Grenzlinie entschieden hat, dass sie dort verläuft. Aber sie sprechen dieselbe Sprache, mit einer minimalen Zeitverschiebung: Wenn ein Satz von einem Schweizer gesprochen wird, dauert er ein paar Sekunden länger.

Deshalb öffnet ein Schweizer niemals den Kofferraum eines Elsässers an der Grenze. Und in der Schweiz öffnet niemand den Kofferraum von niemandem.

Ich frage mich, wann Graf mich auf den faden Gipsgeruch ansprechen wird, der das Zimmer erfüllt. In der Luft schwebt ein stillschweigendes Einvernehmen, ein Understatement begleitet unsere Worte. Der Gips wird immer sichtbarer, wie mir scheint. Das ist typisch für Graf: Er geht die Dinge mit Bedacht an, betrachtet zuerst die im Vordergrund, geht dann schrittweise zu den anderen Ebenen über. Das geht schnell, erfordert aber dennoch etwas Zeit. Die Zeit, bis die Zusammenfügung der gewonnenen Erkenntnisse in seinem Geist zu einer Synthese führt. Kaum ist die Synthese abgeschlossen, hat er schon alles Unsichtbare wahrgenommen, das sich hinter der scheinbaren Ordnung der Dinge verbirgt. In meinem Fall der Unordnung. Er hat alle Verbindungen gesehen, die das Ganze einschnüren.

Aber er findet wahrscheinlich nicht, dass es schon an der Zeit ist, darüber zu sprechen. Dabei weiß ich, dass er darüber sprechen wird, nur eben später. Es kommt immer der Moment, wo er sich nicht mehr zurückhalten kann, und er weiß, dass ich auf diesen Moment warte. Sagt er es für sich, für mich? Die Frage ist offen.

Erst mal nimmt er sich eine Zigarette. Falls man das Zigarette nennen kann. Aus der rechteckigen Pappverpackung, dunkelblau mit weißem Rand, bringt er mit einem Fingerschnipsen eine zweite, weiße Pappschachtel zum Vorschein, sie enthält zwanzig Stängel, die doppelt so dick wie gewöhnliche Zigaretten sind. Boyard. Als Graf erfuhr, dass es sie bald nicht mehr geben würde, kaufte er einen Zigarrenkeller, um darin unter optimalen Bedingungen zwanzig Zigaretten pro Tag zu lagern, für den Zeitraum von etwa dreißig Jahren, die er sich noch gab, als er fünfzig war. Das hatte er anhand der durchschnittlichen Lebenserwartung eines Mannes ohne besondere Gesundheitsprobleme errechnet, unter Berücksichtigung der Wehwehchen, die bekanntermaßen mit zunehmendem Alter auftreten, wobei die zu erwartenden Fortschritte der Medizin ordnungsgemäß berechnet und abgezogen wurden: 20 × 365 × 30. Der Keller war entsprechend groß, und Graf scheint sich bisher nicht sehr getäuscht zu haben: Mit siebzig war er bei guter Gesundheit und wies nur die vorausgesehenen Schwachstellen auf. Unter Berücksichtigung der jährlich zunehmenden Lebenserwartung hat er allerdings seinen Verbrauch reduziert. Vielleicht wird er als Nichtraucher sterben.

Graf hat die besondere Gabe, aus Vermutungen, die er anhand von realen Situationen aufstellt, einen Nutzen zu ziehen. Man könnte ein Talent als Medium vermuten. Er benutzt jedoch nichts anderes als das, was alle sehen können, und zieht seine Schlüsse aus den unsichtbaren Verbindungen zwischen den Dingen.

Ich erinnere mich an eine Reise in die Schweiz, die sich schwierig anließ. Wir hatten gemerkt, dass die Überquerung der Grenze an diesem Tag problematisch werden könnte – die Zöllner waren hektisch, es musste also irgendein Problem geben, das uns nicht betraf, uns aber betroffen hätte, wenn wir nicht im letzten Moment eine Autopanne vorgetäuscht hätten, nachdem schon mehrere Zollbeamten nach unseren Papieren gefragt hatten. Ich stieg aus dem Wagen und sagte zu Graf, dass der Motor nicht rund laufe, es sei besser, umzukehren und in einer

Werkstatt zu fragen, woran das liege. Ein gehässiges »Das hättest du auch vorher überprüfen können«, dazu ein Seitenblick zu dem am nächsten stehenden Zöllner: Wäre er der Fahrer gewesen, hätte er den Wagen vorher gewartet und wir müssten die Überquerung der verschneiten Gebirgspässe nicht fürchten. Der Zöllner richtete sich stolz auf und erklärte mir mit einem breiten Lächeln, wo die nächste Werkstatt war. Ich war damals noch jung – und ziemlich hübsch.

Der Vorfall hatte mich fröhlich gemacht, Graf hatte mir ein kleines Lächeln geschenkt. Immer so wortkarg und maßvoll bei allem, was uns beiden einleuchtete. Dann gingen wir in ein Lokal, während der Automechaniker den Benzinschlauch wieder anbrachte, den ich gelöst hatte. Unser Aufzug ließ nicht vermuten, dass einer von uns imstande wäre, eine Kühlerhaube zu öffnen.

Das Wirtshaus in dem Dorf, wo wir einen Happen essen wollten, bot ein eher bescheidenes Menü, nachdem wir nacheinander versucht hatten, Entenbrust mit Honig – ja, sogar in den gottverlassensten Dörfern wütete der Honig –, Tournedos Rossini, Ravioli mit Gänseleber und Rinderzunge mit knoblauchgespickten Morcheln zu bestellen.

Graf, enttäuscht und ein wenig aufgebracht über die anspruchsvolle Karte und die bescheidene Realität, bestellte letztendlich zunächst ein Horsd'œuvre und sagte, er werde später den Rest der Mahlzeit auswählen.

»Du wirst sehen, meine Liebe«, sagte er stillvergnügt.

Ich sah. Als die Dame wiederkam, um uns ein Omelett

mit Käse vorzuschlagen, weil ihre Horsd'œuvres alle im Winter erfroren seien, hatte ich Mühe, mir das Lachen zu verkneifen. Graf fasste mich an den Schultern, entschuldigte sich bei der Dame und führte mich hinaus in die Kälte, wo wir wie Pennäler kicherten. Dann kehrte er ins Gasthaus zurück, um unsere Mäntel zu holen, und entschuldigte sich mit einem absolut glaubhaften Ausdruck von Reue bei der Dame mit den erfrorenen Horsd'œuvres, indem er von den »Tagen des Leidens« seiner Frau sprach. Darüber mussten wir noch mehr lachen, vor allem als die Dame ihm geantwortet hatte: »Ja, ja, das kenne ich.«

Währenddessen waren die zwei Staël und der Léger im Kofferraum des Wagens in der Werkstadt in Sicherheit. Die Zertifikate waren in meiner Handtasche. Die Welt der Kunst ist so klein, dass man den Gutachter kennt, der die Echtheit eines Gemäldes zertifizieren darf und dessen Scharfblick sich unter Umständen auch entschärfen lässt. Das Zertifikat bestätigt die Echtheit des Gemäldes und verleiht ihm einen Geldwert. Und der Geldwert ist das, was den Preis eines Kunstwerks bestimmt, in der Schweiz wie anderswo. Ich erinnere mich an ein Bild von Max Ernst, das mit Zertifikat ein kleines Vermögen wert gewesen wäre. Aber leider wollten weder die Erbin, die auch ein Zertifikat hätte ausstellen können, noch der Experte sich festlegen – bis sie sich irgendwann in die Haare gerieten. Ich erfuhr von dem Streit und legte das Bild ein zweites Mal der Erbin vor, es war die Witwe des Malers. Ich betonte, dass der Experte es fragwürdig finde, obwohl man doch genau wisse, dass es in jener Periode entstanden sei und wunderbar in eine bestimmte Abfolge von Bildern passe, die ein Zertifikat hätten. »Ach ja«, sagte sie, »ich habe gesehen, wie er es gemalt hat. Der Experte war natürlich nicht dabei, er hat sowieso keine Ahnung.« Klatsch, bekam der Experte eine Ohrfeige: Das Bild wurde zertifiziert, und von der Provision beim Wiederverkauf konnte ich mir ein Auto leisten.

Mit Graf kann man die Gedanken schweifen lassen, er stört sich nicht daran. Er bezieht nicht auf sich, was nicht an ihn gerichtet ist, und manchmal hört er nicht mal das, was für ihn bestimmt ist. Dabei hat er überhaupt keinen zynischen, eher einen wohlwollenden Blick auf die Welt. Für mich ist er die einzige annehmbare Gesellschaft. Sogar eine angenehme. Von Zeit zu Zeit leert sich sein Whiskyflachmann ein bisschen zu schnell, und er verliert seinen Lack. Das ist der Punkt, an dem er mit einem spitzen Lächeln fragt: »Kann ich die Jacke abwerfen?« Unter der Jacke ist er noch eleganter gekleidet. Dieser Mann hat etwas Antiquiertes an sich. Ohne Jacke und ohne Lack wird er über den Gips sprechen, da bin ich mir sicher.

»Kann ich ein Foto davon machen?«, fragt er plötzlich und zeigt auf die Büchersäule.

»Ja, aber …«

»Nur das, meine Liebe. Einverstanden?«

Er hebt den kaum getrockneten Stapel behutsam an und versucht ihn woanders abzulegen. Er hat den Sockel ins Auge gefasst, auf dem die Rohfassung einer Skulptur steht, die ich vor Jahren einem Künstler abgekauft habe, er wollte sie ausfeilen, um daraus ein Werk zu machen, das er in irgendeinem Souvenirladen verkaufen konnte. Es ist die Skulptur eines hockenden Mannes, der aussieht, als würde er sich aus einer Kruste lösen, auseinandergedrückte Knie, Füße beieinander, gebeugte Schultern und nach vorn geneigter Kopf, in Erwartung einer Bewegung, von der man niemals erfahren wird. Die Höhlung zwischen den muskulösen Schultern deutet eine Anstrengung, eine Spannung an, die durch die Unvollkommenheit der mit einem Holzmesser geschnitzten Züge noch anrührender wird.

Graf stellt sie behutsam auf die Erde; seine Bewegung gleicht beinahe der der Skulptur, als er sich etwas linkisch, ungeschickt, nach vorn beugt. Er trägt den Sockel zum Licht und legt den Bücherstapel darauf, tritt mit konzentriertem Blick und hochgezogener Augenbraue zurück. Die unvollkommene Anordnung und die für immer geschlossenen Seiten lassen in mir plötzlich etwas anklingen, was mir nicht aufgefallen ist, während ich daran arbeitete, die Wörter in diese Schale aus Gips einzusperren.

Er holt ein Mobiltelefon aus der Hosentasche, stellt sich ans Fenster und macht mehrere Fotos, dann setzt er sich wieder aufs Sofa. Während er seine Fotos mit einem Finger auf dem Display vor seinen Augen vorbeischiebt, fragt er, ob ich ihm einen Tee machen könne.

Tee. Ich habe nur eine einzige Sorte, in der Tiefe eines Wandschranks. Ein gepresster Klumpen mit einem Loch in der Mitte, den ich vor Jahren aus China mitgebracht habe. Er ist stark, viel stärker als der, der inzwischen üblich ist und den man in allen Supermärkten findet – man muss ihn mit dem Messer anritzen, um ein paar Stängel herauszulösen, die Blätter sind so kompakt gepresst, dass sie von

Anfang an mehr wie eine vorgeformte und hartgewordene Paste als wie Tee aussahen. Ich setze in einem kleinen Topf Wasser auf und frage mich, was er wohl in diesem Aufbau gesehen hat. Dann kocht das Wasser, und ich gieße den Tee auf, nachdem ich die Kanne überbrüht habe.

»Was willst du damit machen?«, fragt er angesichts meiner Bastelei.

»Einen Tisch, vier Säulen, um ein Tablett daraufzustellen.«

»Willst du es so lassen? Ich meine, es so lassen, wie es jetzt ist?«

»Auf dem Sockel?«

»Auf dem Sockel oder woanders, das ist nicht der Punkt. Ich meine, es nicht mehr anrühren.«

Dann fragt er: »Hast du auch nichts vergessen?«

Ich wende mich ab. »Entschuldige, ich muss zur Arbeit. Ich muss in einer halben Stunde los und brauche noch etwas Zeit.«

Er trinkt seinen Tee in einem Zug aus, steht auf und fragt mich, ob er bald wiederkommen könne. »Ich muss etwas länger mit dir zusammen sein.«

»Einverstanden«, sage ich. Ich mache die Tür hinter ihm zu und setze mich hin. Ich bleibe eine Weile reglos sitzen, als könnte die geringste Bewegung Dinge und Zeiten aufwecken, an die ich nicht denken will. Noch nicht. Im Moment brauche ich eine heiße Dusche. Richtig heiß.

Da lauert das Gesicht des Feindes. Jetzt heißt es aufräumen, das Schlachtfeld entwirren, dann werden sich auch die Gedanken von selbst entwirren. Und sich an die Regeln, an die Gewohnheiten halten, damit die Oberfläche der Dinge wieder klar wird. O ja, ich habe mich gründlich geirrt, als ich glaubte, dass Graf nur die Oberfläche der Dinge streift. Als würde die Oberfläche nicht zu den Dingen an sich gehören.

Ich habe geduscht und mich schnell angezogen. Weggehen, raus hier. Ich habe Lust, das Bedürfnis, Leute zu sehen – zu sehen, wie sie leben, zu sehen, wie sie nicht denken, um selbst auch das Denken zu vergessen.

Bevor ich losgehe, lächelt mir Kleine Rochade zu. Diese Fotos sind wie die Kieselsteine vom Däumling.

Die Straße ist nass, ich habe das Gefühl, dass das Grau des Himmels niemals anders war, dass es niemals anders werden wird, grauer Himmel, tief und schwer von Wolken, deren Umrisse man kaum ausmachen kann. Es wird so früh dunkel. Ich laufe, setze einen Fuß vor den anderen, bis mein Gang dem eines Roboters gleicht. Kleine Glücksmomente fallen mir ein, Abende, an die ich mit einem Lächeln zurückdenke. Der Däumling-Effekt?

Verfluchen, lobpreisen oder beten? Weil ich immer im Kreis gehe und an der Oberfläche von Dingen tanze, die nur noch untereinander in Verbindung stehen, ohne sich auf einen Kern zu beziehen, der ihr Ursprung wäre, gerate ich in der Realität ins Stolpern. Es tut not, nicht mehr zu denken. Ich habe das Gefühl, dass etwas im Gang ist, aber ich weiß nicht, was.

Ich betrete die Bar und gehe direkt in die Küche. Es ist noch früh, an die zehn Personen teilen sich den Raum. Langeweile. Ein paar von ihnen unterhalten sich ohne große Begeisterung. Das Leben ist in der Schwebe, es wartet wahrscheinlich darauf, dass die bloße Anzahl von Menschen das Selbstvergessen ermöglicht, das die Gäste hier suchen.

Zwei Sandwichs sind zu machen. Brot, Butter, Schinken, Käse, Salat, Tomaten und Mayonnaise, dann noch mal Brot und noch mal von vorne.

Eine junge Frau hat eins der beiden Sandwichs bestellt. Sie ist dunkelhaarig und zierlich wie eine Katze, schmales Gesicht und große schwarze Augen. Ich habe es ihr selbst gebracht, ich wollte wissen, wonach sie riecht. Ein Blumenduft, etwas süßlich, nicht besonders interessant. Sie könnte anders duften, sie wäre es wert: Sie hat einen durchdringenden Blick, einen Glanz in den Augen, dessen sie sich überhaupt nicht bewusst ist. Der Glanz in den Augen ist wie der Rücken: Nur die anderen sehen ihn. Sie kann nicht wissen, dass sie, wenn sie sich mit Myrrhe parfümieren würde, nach Kathedrale riechen und sofort drei Zentimeter größer wirken würde. Dazu braucht sie noch ein paar Jahre.

Die Unterhaltung ist lebhaft, sie aber scheint sich ausschließlich für ihren Teller zu interessieren. Sie versucht, das Sandwich mit zwei Fingern zu greifen, merkt, dass das nicht reicht, greift es mit beiden Händen. Es ist gut zehn Zentimeter hoch, und der Salat ragt heraus.

Sie reißt den Mund weit auf und verzieht gleich darauf das Gesicht: Die getoastete Brotrinde hat ihre Lippe angeritzt. Sie schiebt die Schneidezähne darüber, verzerrt den Mund und zieht ihn mit den Fingern glatt. Ein Krümel ist wie ein unappetitlicher Auswuchs, wie eine Fliege, die sie nicht spürt, am Rand der Lippe kleben geblieben.

Es kommt oft vor, dass mir eine Person auffällt, auf die ich mich konzentriere. Die anderen verschmelzen mit dem Hintergrund. Das ist ein Schutz gegen Langeweile, gegen die Befürchtung, untätig zu wirken und damit Gelegenheit für Gesprächsversuche zu bieten. Diese Taktik hat sich bewährt, ich falle niemals auf. Es reicht in der Tat, den Blick ein wenig zur Seite zu richten, damit die Person von einem Lichthof umgeben ist, in dem sie irgendwie irreal erscheint. Wenn sie in ein Gespräch vertieft ist, kann man die Regungen des Gesichts beobachten. Leute, die sich unterhalten, sehen nichts um sich herum, sie haben nur Augen für den Eindruck, den ihre Worte machen. Wollen erfahren, ob man ihnen zuhört, ob man ihnen zustimmt, vor allem ob man sie liebt. Dieses Verlangen nach Liebe ist wirklich verrückt.

Heute Abend ist es nicht sehr aufregend. Ich sollte lieber etwas essen. Wenn ich noch dünner werde, büße ich bald einen Knochen ein. Vielleicht eine Rippe? Es würde mich wundern, wenn jemand sie will. Da könnte ich noch so sehr auf den Lehm pusten …

Morgen bin ich im Zimmer von Kleine Rochade. Der ist schon ein fertiges Menschenkind. Wenn auch nicht sehr real.

Der Rückweg ist genauso lang wie der Abend selbst, ich habe den Eindruck, als würde der Moment, an dem ich meine Türschwelle überschreiten werde, niemals kommen, als wären die Minuten elastisch. Ab und zu sind sie zu kurz. Heute Abend ziehen sie sich maximal in die Länge.

Ich mag Gedanken, die zu nichts anderem gut sind, als die Zeit zu dehnen. Ich mag es, sie zu züchten und zu gießen wie Computerpflanzen, die in einem Augenblick wachsen und mit denen ich Gräben langweiliger Minuten überbrücken kann. Wenn ich mir solche Geschichten erzähle, lache ich vor mich hin, und die Zeit vergeht schneller. Ich habe Zwischenzeiten, Fahrstrecken und Reisen immer gehasst; aber ich glaube, dass ich sie heute, auch wenn sie mir lang vorkommen, besser aushalte. Es sind irreale Momente, in denen ich sonst was erfinden kann, auf alle Fälle bin ich allein, weil ich nicht mehr da bin, wo ich vorher war. Würde mich jemand beobachten, würde er nur eine Silhouette sehen, die in die Nacht hinausgeht.

Der Wohnung täte es gut, ein wenig aufgeräumt zu werden. Der Sack mit dem Gips steht immer noch da, neben dem Abguss meines Oberkörpers, der dürr und leer auf dem Boden thront.

Aufräumen. Duschen, umziehen und aufräumen.

Ich mag die Gesellschaft von Büchern, aber nun nehmen sie langsam überhand. Sie häufen sich so schnell, dass man denken könnte, sie vermehren sich. Einmal nicht aufgepasst, und schon wachsen die paar Bücher, die ich jede Woche mitbringe, exponentiell zu unkontrollierbaren Haufen an.

Ich mag ihren Geruch. Ich kaufe meistens gebrauchte Bücher und habe bei der Auswahl nach Geruch erstaunliche Entdeckungen gemacht. Ich erinnere mich an die *Auslegung der Gemeinplätze* von Léon Bloy, das hatte ich gekauft, weil das Papier muffig roch, ein Geruch nach alter Feuchtigkeit und Staub, der beim Umblättern von jeder Seite aufstieg. Ich wartete einen Moment, ehe ich die Lektüre fortsetzte, mit einer Mischung von Erwartung und Sorge, der Geruch könnte sich verflüchtigt haben, weil das Buch geöffnet wurde. Aber er kehrte immer wieder. Erst um Seite hundertdreißig ließ er allmählich nach. Es war fast das gleiche Gefühl, wie ein Buch von José Corti zu lesen, dessen Oktavhefte man aufschneiden musste: Die Ungeduld hadert mit dem Ärger, nie richtig gerade zu schneiden, nie das richtige Werkzeug zur Hand zu haben; was für ein Vergnügen, die Fortsetzung der Geschichte zu entdecken, was für ein Gefühl von Vollendung beim Schließen des Buches, beim Anblick der Riffelung der schlecht aufgeschnittenen Seiten: Es war meins geworden, einzigartig.

Sie in Kisten zu stapeln wäre unangenehm. Ich möchte einen Weg finden, sie zu stapeln, ohne dass sie sich bewegen, und nicht an einer Wand. Ich möchte, dass sie irgendwie eine neue Wand bilden, ohne sie alle einzugipsen und ohne dass sie bei dieser Zufallsgeometrie abstürzen. Vielleicht sollte ich einen feinen und eleganten Turm bauen, der bis zur Decke klettert und weniger einsturzgefährdet ist.

Wenn ich so einen Turm bauen würde, wäre er wohl noch anfälliger als die anderen. Sicher nicht durch Schwankung am Scheitel, aber durch eine langsame Erosion des Gleichgewichts, weil immer irgendein Buch aus der Reihe tanzen würde.

Vorerst werden sie sich an die Wand lehnen müssen, erst mal nur, um ein bisschen Platz zu schaffen.

Ich muss sagen, dass ich es sehr mag, mich um solche Probleme zu kümmern, das lenkt die Aufmerksamkeit auf etwas anderes als auf mich selbst.

Ich werde sortieren und wegwerfen. Bücher wegzuwerfen ist ein Jammer, aber da muss ich wohl durch. Ich werde sie auf den Bürgersteig legen, damit sich die Passanten bedienen können, wenn sie Lust haben.

Sonnabend ist mein Geburtstag. Vielleicht könnte ich für zwei Tage die Stadt verlassen? Das heißt, diese Stadt verlassen und in eine andere Stadt fahren, aufs Land kriegen mich keine zehn Pferde. Gras mag ich nur, wenn es zwischen Pflastersteinen wächst.

Ich könnte nach Trouville fahren, dann bräuchte ich kein Auto. Ich würde gern im Central zu Mittag essen und die Leute vorbeilaufen sehen, dann würde ich am Strand im Galatée Kaffee trinken. Die Leute, die am Central vorbeilaufen, und die, die man vom Galatée aus sieht, sind nicht die dieselben. Die einen bleiben in der Stadt und betrachten das Meer aus der Ferne, die anderen sind da, um zu flanieren, die Atmosphäre zu spüren. Ich muss mich warm anziehen, es wird kalt sein.

Aufräumen. Versuchen, dem Raum wieder Raum zu geben. Hier sieht man wirklich nicht mehr durch. Die Sachen häufen sich, als würden sie ein Eigenleben führen. Die Kleidungsstücke, die haufenweise auf zusammengefallenen Bücherstapeln liegen, einzelne Schuhe, diverse Papiere, Tuben mit Handcreme. Einmal nicht aufgepasst, und die Gegenstände überwuchern alles. Ich war nie sehr pingelig, aber jetzt entsteht ein Gefühl der Dringlichkeit, dieser Krempel muss seinen Platz finden, sonst wird das Chaos auf meinen Geist übergreifen, und ich werde es genießen, mich darin wohlfühlen, darin schwelgen. Ich war mal bei einer jungen Frau, ich überraschte sie vor langer Zeit eines Abends in einem unglaublichen Durcheinander von Kleidern, die auf der Erde herumlagen, Pizzakartons, leeren Joghurtbechern und Weihnachtsbaumresten: Kugeln, Girlanden, Sterne, handgeschnürte Päckchen, die man mit einer Schnur an die Zweige hängen konnte. Diese Zweige – jedenfalls ihre Überreste – hingen noch an den Päckchen und an den Kleidern. Ich fand die junge Frau in einem von Schaum überquellenden Bad, auf dem Badewannenrand stand ein Päckchen Waschpulver, das offensichtlich gerade benutzt worden war, sie rauchte genüsslich eine Gauloise, der Blick verloren in den bläulichen Schwaden. Niemand rauchte mehr Gauloises, niemand rauchte überhaupt noch, schon gar nicht eine Amerikanerin. Sie sagte nur drei Worte: »Cheap bubble bath.«

Schon komisch, wie bestimmte Erinnerungen, wenn sie im rechten Moment abgerufen werden, als Abschreckung dienen können. Ich habe eine nahezu zwanghafte Besessenheit entwickelt, beinah drei Stunden lang sortiert und geordnet. Früh um zwei fegte ich die Flusen zusammen und schrubbte auf Knien mit einer Wurzelbürste den Fußboden, reicherte das schäumende Seifenwasser mit etwas Chlorwasser an – dem echten mit seinem stechenden Geruch, nicht diesem Zeug, das nach Kiefer riecht wegen der neuen Masche, alles zu parfümieren. Man fragt sich wirklich, wo solche Kiefern wachsen könnten. Der Geruch von Kiefernharz ist perfekt, wenn er zu der Sache passt, nämlich zum Waschmittel Saint-Marc (das c am Ende wird nicht ausgesprochen), so sieht's aus.

Ich muss Saint-Marc auf meine Listen schreiben, meine Vorräte sind erschöpft.

Ich denke an *Die Parkettabzieher* von Caillebotte. Warum

hängen sich Gedanken immer an Gedanken und bilden diese langen Ketten, die nur vom Schlaf unterbrochen werden? Manchmal wache ich mit dem Gefühl auf, dass die Maschen des Tages in der Nacht geknüpft worden sind.

Meine Listen. Das wird das Letzte sein, was ich heute Abend machen werde. Ich bin erschöpft, aber die Listen können nicht warten.

Auf die Liste der »Dinge, auf die ich Lust habe« schreibe ich als Erstes:

– zwei Tage in Trouville verbringen,

– Serrano-Schinken und Saint-Marc-Waschmittel kaufen,

– das kleine Gemälde von Holbein ansehen, auf dem sich das feine, durchsichtige Batisthemd der Frau löst und einen Fingerbreit über der zarten Stelle zwischen Hals und Schulter, genau über der Vertiefung des Salzfässchens, zu schweben scheint. Im Museum von Unterlinden in Colmar.

Ich muss mich entscheiden, ob ich nach Trouville oder nach Colmar will.

Meine Gedanken und meine Lüste zügeln. Beim kleinsten Schritt zur Seite tun sich höllische Abgründe auf. Also schnell zwischen Colmar und Trouville wählen, in dem Bewusstsein, dass Colmar Erinnerungen auslöst, die andere Schluchten verbergen. Ach, wäre doch dieser Holbein in Trouville!

Trouville. Und Notre-Dame-des-Fleurs. Die Musik in der Kirche ist erst hinter der Vorhalle zu hören, sie schwillt allmählich an, während der Lärm der Stadt verebbt. Sie kommt sanft, sie kommt mit dem Geruch der Kerzen, des Weihrauchs und des Staubs.

Meine Gedanken zügeln, nicht abschweifen, sie laut vor mich hin sagen, damit sie an Substanz, an Realität gewinnen. Mit der deutlichen Stimme, nicht mit dem zarten inneren Stimmchen. Obwohl und gerade dann, wenn nur ich zuhöre.

Also.

Haushaltswäsche kaufen. Sachen wieder auf Vordermann bringen, meine Hülle aufpolieren, für die Freude der Augen und den inneren Frieden, ausschließlich mit Dingen, die ich gerne anschaue. Ich vermute plötzlich, dass Kleine Rochade dieses Bedürfnis nach Standfestigkeit gar nicht so fremd ist. Sollte ich mir vielleicht auch ein Kätzchen zulegen? Plötzlich habe ich Angst vor diesen neuen Einfällen, die Chaos in meinem Kopf anrichten, ich habe das Gefühl, den Ariadnefaden zu verlieren, den ich so geduldig gesponnen habe; all diese Neuerungen, die alten Plunder wieder aufleben lassen: Kleine Rochade, Graf, den ich so lange nicht mehr gesehen hatte, und jetzt der Einfall mit einem Kätzchen. Verschiebungen, die sich zu unaufhaltsamen Rutschpartien auswachsen könnten. Ich muss widerstehen. Hannah Arendt sagte zu Martin Heidegger: »Martin, kommen Sie sofort aus diesem Abgrund heraus!« Meistens muss ich darüber lachen.

Selbst meine Listen geben mir keinen Halt mehr. Die Abgründe von Heidegger bringen mich nicht zum Lachen. Ich bin wohl müde.

Entgegen meinem Vorsatz, den Gedanken an das Kind etwas beiseitezuschieben, ist meine erste Handlung, als ich zu Madame komme, das Bett von Kleine Rochade aufzuschlagen. In dem neuen Briefchen fragt er mich: *Warum schreibst du mir nicht mehr? Du hast mir nicht gesagt, ob du meinen Fisch magst. Und alles andere.*

Wenn das nicht ein Anfang von Anmaßung ist!

»Alles andere« reibt sich an meinen Beinen. Ein gewöhnliches getigertes Kätzchen.

Ich wende mich den Anweisungen zu. Als Erstes die Fuchsie von Madame versorgen. Ich ertappe mich dabei, zu lachen und im nächsten Moment zu weinen. Ich setze mich vor die Fuchsie und weine – weine, ohne aufzuhören. Leichte Tränen, durch die völlig grundlos der Anfang eines Lachanfalls hindurchbricht. Einfach ein Lachanfall.

Mindestens drei Minuten lang habe ich nicht nachgedacht.

Und wenn ich Kleine Rochade endlich suchen würde? Ich weiß nichts von seinen Zeitplänen, ich weiß nichts von seinem Alltag. Wo isst er? Mit wem geht er nach Hause? Ich weiß nicht mehr, was ich gestern zuoberst auf seinen

Kleiderstapel gelegt habe, ich werde ihn nicht erkennen, wenn ich gegenüber der Schule auf ihn warte. Außerdem hat er sicher einen Mantel an. Was dann? Auf Erkundung gehen, zusehen, wie ich mich am besten zwischen den Eltern oder Kindermädchen verstecken kann, die vor der Schule warten. Die Örtlichkeiten erkunden. Und hoffen, dass er seinen Mantel nicht zugeknöpft hat; wenn ich wirklich wartete, um ihn zu erspähen, dann würde ich vielleicht ein Kleidungsstück erkennen. Seinen Mantel habe ich nie gesehen, logisch, er trägt ihn, wenn ich hier bin. Ich weiß nicht genau, ob ich ihn erkennen würde, die Fotos sind starr und höchstens hilfreich, um bestimmte Altersstufen sowie Haarfarben und glatte Haare auszuschließen.

Wie heißt dein Kätzchen? Kurz und bündig, der Zettel, den ich ihm dalasse. Ich werde mir beim Arbeiten überlegen, wo ich ihn hinlege.

Sieben oder acht. In welche Klasse gehen die Sieben- oder Achtjährigen? Wann haben sie Schulschluss, die Sieben- oder Achtjährigen? Halb fünf? Vielleicht ist es immer gleich.

Eins nach dem anderen, das ist wie »ein Fuß vor den anderen«, wenn man läuft. Sortieren, ausschließen und langsam vorankommen. Überlegen. Er hat eine Kinderzeitung abonniert, die in einer Plastikhülle steckt – ich finde sie in der Post von Madame, die ich morgens nach oben trage. Ich werde die Plastikhülle öffnen, den Zettel reinschieben und sie mit etwas Kleber wieder verschließen. Was ist, wenn er seine Zeitung vor den Augen der Mutter öffnet und der Zettel herausfällt? Ich weiß nichts von seinem Leben. Und wenn ich noch etwas Kleber auf meinen Zettel streiche, damit er ein fester Bestandteil der Zeitung wird? Ich glaube nicht, dass er darüber sprechen wird, er versteckt ja seine Zettel für mich auch. Ich muss allerdings mit der Überraschung rechnen, die man seinem Gesicht ansehen könnte.

Ich werde die Zeitung direkt auf seinen Schreibtisch legen, ich nehme an, dass man ihn nicht unbedingt begleitet, wenn er in sein Zimmer geht.

Auf dem Heimweg laufe ich an seiner Schule vorbei.

An der Hauswand gibt eine Tafel Auskunft über Speisepläne, Aktivitäten und, o Wunder, die Stundenpläne der Kinder. Halb fünf also. Und eine Notiz: *Für alle Auskunft den Hausmeister fragen.* Die Wendung »für alle Auskunft« – wenn auch nicht ganz orthodox – ist ein gutes Omen. Ich mag Fehler, die den Sinn des Satzes verschieben.

Am nächsten Tag finde ich: *Mein Kätzchen heißt Rock. Das ist für den Tag, an dem es ihm gelingt, den Fisch zu fressen. Danach werde ich ihn Rockade nennen.*

Aha. Eine geniale Mischung.

Rochade der Kämpfer ist wirklich klein. Aber dein Kätzchen ist auch nicht sehr groß. Wenn du willst, stelle ich das Glas etwas höher, damit es nicht herankommt. Gib mir Bescheid.

Den Gesprächsfaden festhalten. Mit Kleine Rochade in Kontakt treten wie eine Katze, deren Gegenwart nicht wahrnehmbar ist.

Um halb fünf werde ich vor der Schule stehen.

Nahezu beschwingt verlasse ich die Wohnung. Unterwegs frage ich mich, warum ich den Vornamen von

Kleine Rochade nicht wissen wollte. Unbewusst habe ich weder auf der Zeitung nachgeschaut, die er täglich bekommt, noch bei den Vornamen, die seine Mutter ganz bestimmt auf Facebook kundgetan hat – da gibt man doch sonst was preis.

Rochade. Plötzlich frage ich mich, ob das Kind Schach spielt. Ich weiß so wenig von ihm.

Ist es wirklich vernünftig, dass es Gestalt annimmt?

Ich möchte nicht, dass man mich durcheinanderbringt. Mein eigenes Durcheinander reicht mir, ich habe genug Zeit gebraucht, um es in den Griff zu bekommen.

Zwei Stunden, um die Sachen auszuwählen, die ich vor der Schule tragen werde. Für Unter- und Oberbekleidung drei Stunden. Für mich ist es ganz wichtig, dass die Unterwäsche zu meiner Stimmung passt. Ich bin die Einzige, die sie sieht, ich bin auch die Einzige, die sie auf meiner Haut spürt. Ich liebe Unterwäsche. Neben den Schuhen ist sie mir das Liebste.

Sie ist sorgfältig sortiert. Die Unterhosen sind nicht so gefaltet wie die von Madame – ich muss keine Fuchsie schützen –, sondern nach Sorten eingeräumt: Strings, Baumwollschlüpfer und die kleinen gewagten Teile.

Was nun, Baumwolle oder gewagt? String kommt nicht in Frage, schon mal eine Option weniger. Ich entscheide mich für einen Hüftslip, etwas gewagt, aber nicht zu sehr. Nur eine kleine rote Schleife auf violettem Grund und ein Hauch von Spitze, der sich an meine Schenkel schmiegt. Kein passender Büstenhalter, das ist ordinär. Bügel oder Leichtigkeit? Leichte Bügel. Diskret geblümt, mit Blumen, die einem Kaschmirmotiv ähneln. Zarte braune Ranken mit einzelnen grünen und violetten Tupfen auf puderfarbenem Untergrund. Das Bequeme soll hübsch und das Hübsche bequem sein.

Ein Hauch *Parfum de Peau* aus alten Beständen, das nach Meinung eines früheren Liebhabers gut zu mir passt. Er hatte recht. Es passt sich meiner Haut an, lässt mich meinen natürlichen Geruch wiederfinden und fügt ihm etwas hinzu. Es könnte ein Duft von Hyazinthe sein.

Darüber ein langer Glockenrock und ein passender Wollpulli, beides schwarz. Schlicht, elegant, ohne zu übertreiben. Schuhe mit niedrigen Absätzen, Pumps einer Familienmutter. Mein Lieblingsmantel: gelbbraune Kaschmir- und Kammwolle, tailliert, in den ich hineinschlüpfe, fast ohne nachzudenken, ein Wunder an Natürlichkeit. Er ist mindestens zehn Jahre alt, aber die Taschen sind immer noch zugenäht, damit ich sie auf keinen Fall ausbeule. Nur ganz am Rand hatte ich die Naht ein Stückchen aufgetrennt, damit ich zwei, drei Finger hineinschieben kann, wenn ich nicht weiß, wohin mit meinen Händen, aber man kann nichts hineinstecken, das bekäme man nicht wieder raus. Ich überprüfe die Ärmel: Sie sind kaum abgenutzt, man sieht nur ganz leicht den Einschussfaden an den Kanten. Harmonisch und zu allem passend. Er ähnelt allen möglichen anderen Mänteln, und keiner wird genauer hinsehen. Ich möchte eine anonyme Gestalt bleiben, und das Schulviertel ist eine Mischung aus Mittelschicht und Arbeitern. Dazu eine beigefarbene Mütze mit Zopfmuster, so müsste ich als behelfsmäßige Großmutter durchgehen.

Jetzt zum Timing. Ich glaube mich zu erinnern, dass

sich die Leute kurz vor Schulschluss an den Toren drängen. 16.25 Uhr dürfte genau richtig sein, nicht zu früh, um nicht als Erste da zu stehen, nicht zu spät, um nicht Gefahr zu laufen, ihn zu verpassen.

Als ich ankomme, sind schon etwa zwanzig Personen da. Perfekt. Ich stelle mich mit gleichgültiger Miene in die zweite Reihe. Ich sehe auf die Uhr, um etwas zu tun, aber keiner beachtet mich. Bis jetzt läuft alles gut.

Die Menge wird dichter. Wir sind jetzt etwa fünfzig, ein paar Männer, vor allem Frauen. Man kann die Mütter, die jünger sind, von den fülligeren Kindermädchen unterscheiden.

Plötzlich gerate ich in Panik. Ich habe gerade die Concierge aus dem Haus von Madame gesehen. Ihr Blick hat mich kaum gestreift, ich bin nicht sicher, ob sie mich erkannt hat, sie hat mich noch nie in diesem Aufzug gesehen. Ich weiche in den schützenden Schatten eines Hünen zurück, ich kann nicht weg, nicht sofort. Kaum geht die Tür auf, kommt eine Schar brüllender Kinder rausgerannt. Nach einem letzten Blick auf die Concierge ergreife ich völlig aufgelöst die Flucht.

Ich muss meine Strategie überprüfen.

Am ganzen Leib zitternd suche ich in einem Café Zuflucht. Ich komme mir lächerlich vor. Warum fühle ich mich so schuldig, als hätte man mich auf frischer Tat ertappt? Bei welcher Tat denn? Ich bin dumm. Was mache ich denn? Nichts, nur ein Kind sehen – sehen, wie es läuft, wie es spricht, wie es lächelt. Das ist doch keine Tat. Das ist … Ich weiß nicht. Es nur sehen, ein wenig anschauen, dieses Kind. Seine Zettel haben Wünsche aufleben lassen,

Entbehrungen wachgerufen. Ich schwanke, sage mir, dass ich nichts Böses mache. Zugleich sage ich mir, wenn die Concierge mich erkannt hätte, könnte sie davon erzählen, und meine Anwesenheit wäre für andere sicher nicht dasselbe wie für mich. So ist es. Die Tat, die für mich keine ist, könnte für andere eine sein. Beschwichtigt durch die Erklärung für das, was mich in Panik versetzt hat, gehe ich nach Hause. Ich werde sofort wieder aufbrechen, ohne mich umzuziehen, um ins Restaurant zu gehen, und ich werde mich unterwegs in einer Buchhandlung umsehen, als Entspannungsschleuse auf dem Weg.

Kümmert sich die Concierge um Kleine Rochade, wenn er aus der Schule kommt? Hat sie auf ihn gewartet oder auf ein anderes Kind? Plötzlich habe ich das Gefühl, das verlorene Kind sei ich.

Schnell an etwas anderes denken. Auf alle Fälle weiß ich, was er morgen anziehen wird.

Auf zu meinen Sandwichs. Brote belegen. Dem Restaurantgemurmel zuhören. Ich hasse es, wenn man mein Leben durcheinanderbringt. Noch schlimmer ist es, wenn ich selbst es durcheinanderbringe. Das Leben müsste sich selbst genügen, ohne dass es alles zu berücksichtigen hätte, was vorübergeht. Zumal das, was heute wahr ist, es morgen nicht mehr sein wird. Es ist schon mühsam genug, sich dieser Unbeständigkeit anzupassen.

Trotz meiner Bemühungen bin ich nicht unsichtbar. Ich fürchte mich vor dem Moment, wo Graf wieder bei mir anklopfen wird. Er, der alles betrachtet, alles sieht und nichts sagt. Auch wenn ich weiß, was sein Blick zwischen Zärtlichkeit und Ironie erzählt. Letztendlich kann auch er nicht alles verheimlichen. Er hat mich überrascht, ich hasse das. Hat mich mit Laphroaig und seinem »meine Liebe« umgarnt. Das nervt mich.

Ich weiß aber auch, dass seine Ironie in erster Linie ihm selbst gilt. Als Gesellschaft, als Freund ist er wunderbar. Könnte ich ihn bitten, mir zu helfen, meinen Rücken mit Gips einzuschmieren, um diese Schale zu vollenden? Wenn ich einen Slip anziehe und … ich könnte vielleicht ein T-Shirt opfern? Es müsste eng sein, damit es keine Falten wirft. Und Leggings, damit ich keine nackten Beine habe. Für meine Haut wäre es in jedem Fall besser. Auch wenn ich weder meinen Rücken noch meine Pobacken sehe, weiß ich, dass ihre Haut empfindlich ist. Mit der Gipsschale werde ich sie sehen. Der Verfall, der mich persönlich fasziniert, muss geheim bleiben. Es stört mich nicht, dass Graf ihn sieht, das ist mir egal. Es gibt Dinge, bei denen ich gern möchte, dass man sie anschaut. Aber ich fühle, dass ich mich schützen muss, sonst werde ich bald nichts mehr ganz für mich haben.

Ich weiß nicht, wo ich aufhöre und wo der andere anfängt. Ich habe versucht, es aus Büchern zu lernen, als ich verstanden hatte, dass der andere und ich nicht unbedingt die gleiche Wahrnehmung des Raumes zwischen uns haben. Solange ich allein bin, ist alles gut.

Ich kann doch nicht mit einer Schale aus Gips hinausgehen, um mich vor diesen Gefahren von Vermischung, von Einmischung in meine Privatsphäre zu schützen.

Im Restaurant schützt mich die Wand, da habe ich nichts zu befürchten. Die Durchreiche ist klein.

Hilfe, der Typ mit dem Schnauzbart ist wieder da! Keine

Chance auf einen Abend ohne Zudringlichkeiten. Ich wende mich schnell ab und drehe der Durchreiche den Rücken zu, leider zu spät, aus dem Augenwinkel sehe ich im Spiegel, wie er auf mich zustürzt.

Ich drehe mich zurück, um die Übelkeit zu bremsen, die in mir hochkommt. Wenn man den Geruch sieht, kann man ihn eine Weile fernhalten. Den Ekel etwas mildern.

Mein Gesicht ist verschlossen. Genug, um eine Horde Nonnen abzuschrecken, aber nicht ihn. »Guten Abend, wie geht's?«

»Ich arbeite.« Das müsste etwas sein, was man in seiner Welt respektiert. Hätte ich bloß einen grauen Kittel angezogen!

Der Kerl lässt sich nicht entmutigen. Sein Auffassungsvermögen scheint schwach zu sein, etwa das Niveau eines undressierten Zwergschimpansen.

»Ich habe einen Pizza-Transporter gekauft.«

Er erwartet doch nicht, dass ich ihm antworte? Ich runzle die Stirn, setze meinen bösesten Blick auf und starre durch ihn hindurch auf jemanden im Saal.

»Sie schmecken gut, wissen Sie? Weich und lecker.«

Auch noch weiche Pizza! Wo ich nur die Kruste mag. »Wie ich.«

Wiiieee? Hat er sich mit seinen Wurstlippen wirklich gerade als weich und lecker bezeichnet? Ich verschanze mich in meiner Höhle, so gut ich kann, da steckt der Widerling den Kopf in die Durchreiche. Ich bedaure fast, dass es keine Guillotine ist: Mit einem Büschel Petersilie in jedem Ohr würde er einen akzeptablen Schweinekopf abgeben.

»Würden Sie bitte den Durchgang frei machen«, sage ich mit verkniffenem Mund und meinem mürrischsten Gesichtsausdruck zu ihm.

»Aaaber … die ist ja verdammt gut gebaut!«, ruft er mit ordinärem Lachen, während er mich mustert und seine Hand auf meine linke Brust drückt.

Vielleicht spricht ja der Metzger aus ihm, aber für mich ist das zu viel. Mit den Handflächen, um das Dreckstück so wenig wie möglich zu berühren, stoße ich ihn heftig zurück. Meine Wut verleiht mir Kraft, er rechnet nicht damit und fällt um, streckt alle viere in die Luft. Sozusagen alle vier Schweinefüße. Ich flitze in den Hinterraum. Und wasche mir flink die Hände.

»'diot.«

Als ich zurückkomme, herrscht noch etwas Durcheinander an der Tür. Ich höre den Chef sagen: »Besoffen wie ein Schwein.« Wundert mich gar nicht, und die besoffenen Polen werden mir bestimmt nicht widersprechen. Bei denen sieht man erst, dass sie besoffen sind, wenn sie am Boden liegen, sagte Napoleon. Die fallen immerhin vorwärts, auf die Nase, und nicht so lächerlich auf den Hintern.

Ich sehe den Chef mit der harmlosesten Miene an. »Ich habe ihn an der Schwarte gepackt und rausgeworfen«, sagt er.

Komisch, plötzlich fühle ich mich wie ein kleines Mädchen. So ein Angriff wie dieser macht einen wieder zum Kind. Ich fühle mich angeschlagen, dabei ist er nur ein

Idiot unter vielen. Ein kleiner Wicht. Einer von denen, die, ich weiß nicht wie, ich weiß nicht warum, ich weiß nicht für wen, leben. Aus reinem Selbstzweck, nehme ich an, denn sie leben ja. Das Problem ist der Schaden, den sie um sich herum anrichten. Eine Frau zu belästigen bedeutet ihnen nichts, nicht mehr, als einem Hund einen Fußtritt zu geben. *Ecce homo.*

Es wird Zeit, dass ich nach Hause gehe und die Tür hinter mir doppelt zuschließe. Ich denke, ich werde mir heute Abend sogar ein Taxi genehmigen.

Es regnet seit mehreren Stunden ununterbrochen, ein scharfer, schräger, kalter Regen. Ein Glück, dass ich meine Schuhe mit den ganz niedrigen Absätzen anhabe. Das Pflaster glänzt, ich gehe mit behutsamen Schritten, um nicht auszurutschen, beuge mich vor, um dem Regen so wenig Angriffsfläche wie möglich zu bieten, und lausche auf Geräusche, die die Zeit verkürzen. Der Regen durchdringt meinen Mantel, hämmert auf meinen Kopf ein. Ich bin erstarrt. Meine Wut ist einer großen Leere gewichen, so etwas wie Verzweiflung.

Nach Hause, nichts wie nach Hause. Schnell. Die Wärme des Taxis bläst mir einen Geruch von nassem Hund entgegen, sobald ich die Tür öffne, egal, ich bin auch bereit, mit einem nassen Hund zu fahren – Hauptsache, schnell. Heute Abend kann ich mir schwer vorstellen, dort weiterzuarbeiten, ich würde mir gern sagen, dass ich künftig zu Hause bleiben werde, um mir so was zu ersparen. In ein paar Tagen werde ich fünfundsechzig.

Die Aussicht auf leere Tage ängstigt mich. Ich kann

nicht nichts tun. Gegen solche Zustände habe ich einige bewährte Mittel. Dickflüssige heiße Schokolade, so dick, dass man sie kaum umrühren kann, lange auf kleiner Flamme gekocht. Ich füge eine Prise Zimt und etwas Ingwer hinzu, reibe etwas Muskatnuss hinein, pfeffere und wärme mir die Hände an der Schale. Der Gedanke an die kleine, wunderbar runde, zierliche Schale aus weißem Porzellan verkürzt meinen Heimweg; ich genieße im Voraus den schweren, gepfefferten Geruch, der daraus aufsteigt.

Das Licht der aufgeräumten Wohnung gibt mir mein Gleichgewicht zurück. Das Geräusch der Tropfen, die gegen meine Fenster pladdern, dringt schon in der Diele deutlich an mein Ohr. Ich ziehe den Mantel aus und schaue geistesabwesend auf die schwankenden Laternenlichter auf dem Pflaster, ganz in den Anblick dieser nassen Außenwelt hinter den festverschlossenen Fenstern versunken, und allmählich wärme ich mich auf. Morgen werde ich mich wieder anziehen, mich mit einem neuen Pulli, einem neuen Kleid wappnen. Ich werde weniger frieren. Plötzlich fällt mir der Schizophrene ein, der aus der Anstalt entflohen war und den man mitten im Winter splitternackt im Wald gefunden hatte. Als man ihn fragte, ob ihm nicht kalt sei, antwortete er, nein, er habe ja seinen Ausweis auf der Heizung liegen lassen.

Ich habe den Fisch etwas nach oben getan. *Ich steige auf einen Stuhl, um ihn zu füttern, aber wenn du es machen kannst, danke. Der Kater wird den Fisch fressen, die habe ich so vorgesehen. Darum heißt er Rock. Danach wird er Rockade heißen. Das habe ich dir schon gesagt.*

»Die habe ich so vorgesehen.« Vielleicht weil sie noch zwei sind, der Fisch und der Kater? Was soll ich darauf antworten?

Wie ist ein achtjähriges Kind? Dieses schreibt mit spitzer, noch ungeschickter Schrift. Es hat eine Tageszeitung, Zeitschriften und Bücher abonniert. Eins davon gefällt mir ganz besonders: Es heißt *Elternkatalog: Aussuchen – Bestellen – Ausprobieren*. Man kann einen Elternteil, sogar beide, austauschen, und zwar sooft man will, der Bestellschein liegt bei. Die ursprünglichen werden sorgfältig aufbewahrt, für den Fall, dass man sie zurückhaben möchte.

Ich nehme an, das kann helfen. Ich finde es sogar schade, dass man nicht früher darauf gekommen ist.

Wie ist ein Achtjähriger? Ich erinnere mich nicht mehr. Ehrlich gesagt erinnere ich mich an wenig. Darauf hat mich übrigens Kleine Rochade hingewiesen.

Manchmal höre ich im Restaurant Leute über Alzheimer sprechen, über Eltern oder Verwandte, die sich nicht mehr erinnern, über Leute meines Alters, die sich nicht mehr erkennen. Ich sage mir, bei mir ist es früher losgegangen, aber ich erkenne mich noch. Als ich noch sprach, sagte man oft zu mir: »Du wiederholst dich.« Ich erinnerte mich nicht, was ich schon gesagt hatte. Oder wiederholte ich es aus Sorge, nicht gehört zu werden? Hörte ich mich nicht? Vielleicht. Auf alle Fälle erinnere ich mich gut, dass es eine Zeit gab, wo ich Stunden in der Badewanne verbrachte: Ich konnte mich nicht riechen.

Ich muss einen Weg finden, dieses Kind, das mich von Anfang an mit seinen Briefchen an der Nase herumgeführt hat, von nahem zu sehen. Ich frage mich, was er wohl am Mittwoch macht, dem Tag, an dem ich nicht komme.

Drei Stunden lang poliere, putze, reinige, wasche, scheuere, fege, sauge, bügele ich. Mir fällt mehr ein, wenn meine Hände beschäftigt sind: Das Denken läuft in meinem Kopf im Hintergrund von alleine weiter.

Wie Jeanne Moreau singt:

J'aime être seule dans ma cuisine
A éplucher les petits pois,
Des carottes, des aubergines.

Ich bin gern in meiner Küche allein,
putze Erbsen,
Möhren, Auberginen.

Der Unterschied zu mir ist, dass ich gerne allein in der Küche der anderen bin, das ist alles. Und ob ich Möhren putze oder etwas anderes mache, ist mir ganz egal. Ich mag es, etwas zu tun. Und idiotische Spiele im Internet zu spielen. Das ist dasselbe.

Nach drei Stunden intensiver Beschäftigung weiß ich immer noch nicht, was ich Kleine Rochade antworten soll. Und plötzlich muss ich furchtbar lachen, weil ich an seinen Namen für den Kater denke. Aber ich weiß immer noch nicht, was ich ihm schreiben soll. Wohin führt mich dieses Kind?

Dieser Bengel könnte durchaus tyrannisch werden. Und ich habe schon zu viele Gespenster um mich herum, als dass ich mir das leisten könnte.

Samstag fahre ich. Ich nehme mir ein Zimmer im Flaubert, das ist das einzige Hotel mit Strandblick in Trouville. Und dort feiere ich meinen Geburtstag. Jetzt ziehe ich mich erst einmal wieder an.

Ein Mantel. Ich brauche einen neuen Mantel.

Warm und wasserdicht. Na, dieser Margiela-Mantel geht doch. Unstrukturiert und unförmig. Aber wirklich schön. Natürlich ein Wahnsinn. Solange ich mir meinen Wahnsinn aussuchen kann … Dieser wird es mir wenigstens ersparen, den Ausweis auf der Heizung liegen zu lassen.

Erst mal muss ich heute Abend wieder in die Bar. Noch zwei Abende, ehe ich ins Wochenende reise und versuchen werde, meine Zukunft zu entfalten. Es ist zu spät, um der Gefahr auszuweichen.

Als ich nach Hause komme, betrachte ich den herrlichen Raum. Leer bis auf die Bücherstapel und die paar Möbel, sehr wenige. Wie konnte ich nur so viele Jahre in diesem Atelier leben und daraus die beengte Behausung machen, die es bis vor einigen Tagen war, vollgestopft mit Büchern, die ich nicht mehr lesen werde, und Gegenständen, die ich nicht mehr wahrnahm? Die hohen Sprossenfenster, der alte verblichene Holzfußboden, die perfekten Proportionen des großen quadratischen Raums rühren mich immer noch, wie als ich vor langer Zeit hier ankam. Wie zu jener Zeit, als die Tür immer offen stand, als Martin mit dem Besenstiel gegen die Kellerdecke klopfte, nach meinen Fragen, meinen Lachsalven und meinen Gläsern mit Weißwein verlangte. In jener Zeit, als mein Sohn Angst vor mir und meinen Hämmern hatte, aber Trost suchen kam, wenn man ihm mal wieder seinen Ranzen, sein Fahrrad, seine Windjacke oder seine Schuhe gemopst hatte. In jener Zeit, als die Welt ihre Helligkeit noch nicht verloren hatte.

Und vor einem Fenster der Sockel mit der Bücherskulptur.

Ich habe nur an den Mantel gedacht, habe alles vergessen, was auf meinen Listen stand. Ich habe nichts von dem gekauft, was ich brauche.

Ich mache mich schnell auf die Socken. An der Tür fällt mir plötzlich ein, dass ich mich lange nicht mehr geschminkt habe. Meine Zeit reicht für einen Hauch Wimperntusche, Rouge und Lippenstift, ein gedecktes, diskretes Rosa. Das Seniorenalter ist zwar nicht mehr das, was es mal war, aber man ist doch nicht verpflichtet, die Falten zu betonen.

Heute Abend ist die Luft scharf, trocken und kalt. Ich habe eigentlich keine Zeit zum Bummeln. Donnerstags herrscht ziemlicher Andrang, nicht so sehr wie am Freitag, aber mehr als Anfang der Woche. Das Gefühl der körperlichen Erschöpfung ist donnerstags am stärksten. Anfang der Woche ist wenig zu tun, da ruhe ich mich aus und langweile mich, und freitags sind so viele Leute da, dass ich gar nicht merke, wie die Zeit vergeht. Diese Müdigkeit, die den ganzen Körper erfasst, mag ich am liebsten. Die Donnerstagsmüdigkeit ist lasch, weil ich zwischen zwei Arbeitsschüben Zeit zum Nachdenken habe, und das mag ich gar nicht. Ich bin gern da, wo ich bin, dann, wenn ich da bin.

Heute Abend ist eine Gruppe von Leuten da, die beschwipst sind und viel lachen. Ich spitze die Ohren, um etwas mehr als das allgemeine Stimmengewirr und das Durcheinander durch den Saal flatternder Wörter aufzuschnappen. Die Vorstellung gibt es umsonst.

Ich habe Lust auf Theater, Lust auf andere Orte. Das läuft schlecht. Dabei hat der Frühling noch nicht mal angefangen. Und ich habe schon eine ganze Reihe von Frühlingen hinter mich gebracht, die mir auf gar nichts Lust gemacht haben.

Ich weiß nicht, was ich mit dem Kind machen soll. Es macht mir Angst, trotzdem werde ich den Gedanken daran nicht los. Es schleicht sich in alle Risse in meiner Leere ein. Die Vorstellung von dem Kind macht allmählich dem realen Kind Platz, dem Kind, das denkt, das schreibt, das im Leben Ideen und Standpunkte hat. Trotzdem so wenig real. Eine Gestalt aus Papier, aus Wörtern. Dass es körperlich so wenig real ist, aber durch seine Worte so real wird, verstört mich tief.

Die Lust, es zu sehen, lässt mich nicht los. Es fehlt mir, ich möchte mit ihm spazieren gehen, mit einem Stock die kleinen Schiffe im Jardin du Luxembourg lenken, im Kino Trickfilme sehen, es lachen hören und mir erzählen lassen, warum es glaubt, dass sein Kater eines Tages seinen Fisch fressen wird, als wäre es das Schicksal dieses Fischs, von ebendiesem Kater verschluckt zu werden, und wie ihm die Idee gekommen ist, die Namen der beiden Tiere zu verbinden. Ich möchte gern hören, wie es ein Schokoladenbrötchen verlangt und nörgelt, weil wir bei einem Bäcker gelandet sind, der nur einen Schokoriegel ins Brötchen steckt. Wie es sagt: »Ich bin müde, gehen wir nach Hause?« Wie es von Dinosauriern erzählt. Möchte ihm sagen, dass ich mich da nicht auskenne. Ihm zuhören. Ich kenne nicht einmal den Klang seiner Stimme.

Ich muss Hyazinthen kaufen. Ihr Geruch und ihre Farbe werden mich auf andere Gedanken bringen. Und fünfundsechzig Kerzen zu meinem Geburtstag. Vielleicht bekomme ich Rabatt?

Ich kann es kaum erwarten, das Meer zu sehen, morgen kaufe ich mir meine Fahrkarte, dann muss ich fahren, mir ein wenig Muße gönnen. Vielleicht kann ich morgen schon fahren? Versuchen, ein wenig von der grauen und kalten Asche, die mich bedeckt, abzuschütteln.

Die **Brücke, die vom Bahnhof nach Trouville** hineinführt, scheint mir eine Last von den Schultern zu nehmen. Meine Schritte sind noch schüchtern und etwas steif: Auch wenn ich den Ort wechsle, nehme ich mit, was ich bin. Ich versuche es mit Autosuggestion: Ich fühle mich wie ein Fisch im Wasser! Es funktioniert, ich muss lachen: Hat mich der Fisch des Kleinen inspiriert?

Die Mündung der Touques ist verschlammt, irgendwie verlockend: Der Schlick sieht so weich und geschmeidig aus. Ich frage mich, was ich von diesem Wochenende erwarte. Nichts – Stimme, sei still.

Diese einsamen Monologe sind höllisch. Seit fast fünfzehn Jahren sind es die gleichen. In letzter Zeit haben sie sich etwas verändert, oder? Da sowohl Fragen als auch Antworten von mir kommen, bin ich ratlos. Ich muss mir das Kind aus dem Kopf schlagen, es macht mich anfällig. Ich will nicht anfällig sein.

Ich habe es geschafft, heute Abend nicht zur Arbeit in die Bar zu gehen. Ich habe wirklich Lust, zwei Nächte anderswo zu verbringen, zwei Nächte und zwei ganze Tage. Ich habe Lust, an Ort und Stelle aufzuwachen, nicht erst am Morgen anzukommen, ich habe Lust, in einem anderen Bett als meinem einzuschlafen. Dass das Flaubert für meine Verhältnisse unerschwinglich ist, ist eine überflüssige Überlegung: Ich pfeife drauf. Ich habe Glück, das Zimmer gefunden zu haben, auf das ich Lust hatte.

Es ist schön, bequem und angenehm. Ich liebe quadratische Zimmer, perfekte Proportionen, und dieses hat ideale Maße. Erholung ist zuerst etwas fürs Auge – Luxus, Ruhe und Genuss kommen an zweiter Stelle.

Und es *ist* Luxus, Ruhe und Genuss, hier und jetzt. Ich probiere die Laken: Sie haben die Qualität, die Laken guter Hotels eigen ist, merkwürdigerweise ähnlich dem Genuss, den Krankenhauslaken bereiten, deren Gewebe vom häufigen Waschen geschmeidig und glatt ist. Wie Zuckerguss auf einem Kuchen. Meine Haut genießt diese Schmiegsamkeit.

Erst mal nehme ich ein warmes, schäumendes und parfümiertes Bad: Ich habe meine liebsten Toilettenartikel mitgebracht, und die Schokoladen-Mandel-Düfte wecken in mir eine Naschlust, die ich lange nicht mehr erlebt habe. Es ist ein wenig zu süß, aber ich habe eine Kerze angezündet, und das Leben fühlt sich leichter an.

Der ganze Abend liegt noch vor mir! Ich meine zu spüren, wie die Zeit vergeht, ich habe sie für mich. Zeit, meinen Körper mit weicher Creme zu salben, die sich verflüchtigt wie eine leichte Brise. Der Duft überrascht und vergeht sogleich, sodass man sich wünscht, ihn noch einen Moment festzuhalten. Ab und zu habe ich das Bedürfnis, meinen Körper zu berühren, wie um mir zu vergegenwärtigen, was er ist, seine Form, seine Leberflecken, seine Flächen und seine Glätten, seine Rundungen und seine Einbuchtungen. Ich habe das Bedürfnis, zu wissen, dass ich dieser Körper bin, und mich daran erinnern zu können. Ich könnte ihn in Stein hauen, ohne ihn anzusehen, so gut kenne ich seine Tiefen und Untiefen.

Ich habe nur wenige Kleidungsstücke mitgenommen, aber ich habe sie sorgfältig ausgewählt. Es ist verrückt, wie Kleidung die Stimmung beeinflusst. Heute Abend wird es ein hübsches schwarzes Rykiel-Kleid sein, dessen Wollgewebe sich an den Körper schmiegt, es reicht bis unters Knie, verziert von einer Gürtelimitation, die an den Seiten angenäht ist und vorne verknotet wird, genau über dem Venushügel. Strümpfe mit elastischen Spitzenstrumpfbändern ergänzen das Ganze, der Bund von Strumpfhosen ist mir unangenehm, verschiebt sich immer und schnürt die Figur ein. Ich habe Schnürstiefeletten mit kleinen Diabolo-Absätzen gewählt, am Gelenk etwas enger und mit einer hübschen gekräuselten Ledermanschette verziert. Der ganze Aufwand nur für mich, vielen Dank. Diese Stiefeletten haben einen Touch von Buñuel.

Ich habe mich immer gern angezogen, mit unterschiedlichen Stilen gespielt. Alte, unförmige Klamotten zu tragen, in denen ich mich wohlfühle, macht mich unsagbar glücklich, ein körperliches Gefühl, das an religiöse Ekstase heranreicht. Wenn ich übrigens die heilige Theresa betrachte, denke ich oft, dass ihr Kleid vielleicht aus Nessel war, ihre Dessous aber aus anderem Stoff gewesen sein müssen, wenn man die Lust sieht, die ihre Züge prägt.

Zum Schluss noch dieser köstlich antiquierte Ausdruck:

»Ich pudere mir die Nase.« Ich sollte mit einem Wörterbuch schlafen: Ich glaube, je mehr ich Wörter liebe, desto mehr liebe ich die Dinge, auf die sie sich beziehen.

Und ich habe Lust, rauszugehen, die Straßen entlangzuschlendern, obwohl es kalt ist. Und dann das Meer zu sehen, in die Ferne zum Hafen von Le Havre zu schauen.

Kalt ist es in Trouville. Die Leute machen sich ganz klein, kämpfen vorgebeugt und mit zerzausten Haaren gegen den Wind. Auf einem Schild steht: *Sieht man Le Havre, wird es schön. Sieht man Le Havre nicht, wird es auch schön.* Trouville ist ein Nest der Hoffnung.

Notre-Dame-des-Fleurs schließt ihre Pforten um neunzehn Uhr, ich weiß es, weil ich so oft dort gewesen bin, vor vielen Jahren. Eine Kirche, deren abwesender Priester keine Angst hat, dass man seine Sammelbüchsen plündert, und der die Tür den ganzen Tag offen lässt. Ich steige die Stufen hinauf, in Erwartung des bevorstehenden Vergnügens. Kirchen mit verzierten und geschnitzten Beichtstühlen verbinde ich mit der Lektüre von Georges Bataille – zwischen Sakrileg und Heiligkeit bleibt noch etwas Raum für das wachsende Vergnügen. Der Beichtstuhl hier ähnelt dem verkleinerten Modell einer gotischen Kirche mit überladener Verkleidung, die Kammern sind mit Figuren geschmückt, die mehr wie Wasserspeier als wie Heiligenbilder aussehen.

Die Bänke sind leer, mit Ausnahme eines sitzenden Mannes, der nach vorn schaut. Er trägt einen dunkelgrauen Regenmantel, über dem Kragen ragt ein merkwürdiges, beinah aggressiv pinkfarbenes Stoffstückchen hervor.

Ich betrete das Kirchenschiff und setze mich diskret,

während die Kantate *Herz und Mund und Tat und Leben* ertönt. Ich habe sie so oft gehört, dass ich mitsummen könnte. Der Geruch der Kerzen, der Anblick der flackernden Dochte und die Musik, so leise, dass man die Ohren spitzen muss, berühren wohl meine Seele oder etwas in der Art. Vielleicht den Ort, wo das unmittelbare Glück seinen Sitz hat.

»Topolina?«

Ich drehe mich zu der Gestalt aus der Vergangenheit um, die ich nicht habe kommen hören. Der Klang der Stimme und die Silhouette kommen mir vertraut vor, ohne dass ich den Schatten des Geheimnisses durchdringen könnte, der meine Erinnerung umgibt.

»Jeff.« Jeff? Jeff. Jeff hat sich verändert. Die kräftige Gestalt und die Stimme ähneln dem Jeff, den ich vor langer, langer Zeit gekannt habe. Das Gesicht ist zerfurchter, das Haar dünner, aber Augen, Lippen und Lächeln haben sich fast gar nicht verändert, sie strahlen höchstens noch stärker. Ich schaue ihn sprachlos an.

»Erkennst du mich nicht?«

»Doch, doch, aber …«

Er bricht in lautes Gelächter aus, riesenhaftes Gelächter, sehr unpassend an diesem Ort. Das Lachen erkenne ich wieder, dieses gewaltige, gierige Lachen, dieses Lachen, dessen Schall unauslöschlich im Gedächtnis haften bleibt, das an den Wänden aufsteigt und unter dem Gewölbe widerhallt, kreist und wirbelt und fliegt wie ein Sommergewitter. Was meine Augen nicht glauben wollen, wissen meine Ohren schon.

Ich sehe wohl sehr erstaunt aus, denn sein Lachen verstärkt sich, als würde es aus einem Brunnen ohne Boden und ohne Wände heraufsteigen – die Schallwellen breiten sich fast körperlich spürbar aus, die Vibration der Luft lässt meinen Körper schwingen. Es ist so unglaublich ansteckend, dass wir beide lachen, bis uns die Puste ausgeht.

Schließlich verlassen wir die Kirche mit beinahe erstarrten Gesichtszügen nach diesem ach so wohltuenden Lachkrampf. Wir schleichen auf Zehenspitzen hinaus, mit einem breiten Lächeln und ohne uns nach der Betschwester in der Nähe des Altars umzuschauen, die uns, ganz in ihr Missfallen gehüllt und mit einem Kerzenlöscher bewaffnet, beobachtet hat.

»Was machst du hier?«

»Eine Pause …«

»Nur ein Wochenende, oder dauert sie länger, deine Pause?«

Das Pinkrosa, das meinen Blick auf sich gezogen hatte, gehört zum Futter seines Jackenkragens. Ich muss über die Ungehörigkeit dieser Farbe lächeln: Der Missklang ist rührend, beinahe ergreifend angesichts seines opulenten, üppigen Körpers, der davon zeugt, dass er Sport noch nie geschätzt hat. Die Jahre haben seiner Gestalt kleine Schlemmerpolster hinzugefügt. Mit seinem Dreitagebart sieht er aus wie ein riesiger Plüschbär.

»Wirst du erwartet, oder gehen wir was trinken?«

Nett gesagt.

Ich habe mich, fast ohne es zu merken, bei ihm eingehakt, und wir laufen plaudernd Richtung Strand.

Jeff kümmert sich für eine humanitäre Organisation um

Wasserleitungen. Er ist ein Träumer: Jahrelang hat er sich dafür eingesetzt, ein Verfahren zur Urbarmachung der Wüste nach dem Prinzip von Babywindeln einzuführen, die das Fünfzehnfache ihres Eigengewichts an Wasser speichern können. Als wir uns kennenlernten, konnte ich ihm unendlich lange zuhören und ihn dabei ansehen: Er ging in seinem Stoff völlig auf, hochkonzentriert auf seine verzehrende Leidenschaft, war am Ende nur noch ein sprechender Mund, unaufhörlich arbeitende Lippen. Ich war fasziniert von dieser Beweglichkeit und den Deformationen, die sie seinen Gesichtszügen aufzwang.

Natürlich scheiterte er am chronischen Geldmangel, an dem derartige Projekte leiden, aber er hat nie aufgegeben: Er kann einfach nicht auf seine Utopien verzichten. Ich bin überzeugt, dass er inzwischen andere Kämpfe geführt, andere Ideen gefunden hat, an die er felsenfest glaubt, und dass er es geschafft hat, einige von ihnen zu verwirklichen.

Jeff trägt niemals einen Schlips, außer wenn es um seine Projekte geht, dann ist er zu allen Schandtaten bereit, um zu erreichen, was er will. In seiner Freizeit ist er Maler und liebt große Flächen mit lebhaften Farben. Bei ihm leeren sich die Acrylfarbtuben mit verblüffender Geschwindigkeit. Dann tauscht er mit mädchenhafter Feinfühligkeit seine Farbrollen gegen zierliche Bürsten aus sibirischem Eichhörnchenfell, die hauchzarte Linien und labyrinthartige Arabesken zeichnen.

Wir haben uns vor vielleicht zwanzig Jahren in Afrika kennengelernt. Vergessene Jahre, die mir bröckchenweise wieder einfallen. Die Jahre von vorher.

Was mir hingegen nicht mehr einfällt, ist mein Schweigegelübde. Ich höre mich sprechen und lachen, als hätte ich mich nicht all diese Jahre in meiner Einsamkeit vergraben. Ich habe das Gefühl, mir beim Leben zuzuschauen, und dieser Anblick bringt mich zum Lachen. Dann vergesse ich sogar, mir beim Leben zuzuschauen.

Wir gehen essen. Jeff ist wie ich nach Trouville gekommen, um sich zu entspannen. Er verbringt einen Monat bei seiner Familie, bevor er nach Mali zurückfährt, und hat sich diese einsame Verschnaufpause am Wochenende genehmigt.

Seine Hand auf der meinen bringt mich in Verlegenheit; ich erröte wie ein Schulmädchen. Ich habe in seinen Augen das Verlangen gesehen, das Verlangen eines Mannes, eindeutig, heftig, wunderbar. Und er steht dazu.

Es fällt mir schwer, zu meinem zu stehen. Ich glaube, ich habe Angst. Ich frage mich, ob ich noch mit einem Mann schlafen kann. Ich frage mich, ob es so ist wie mit dem Fahrradfahren, ob es wiederkommt oder ob man alles vergessen kann. Ich erinnere mich nicht mehr, wie sich das anfühlt, die Arme eines Mannes, der Körper eines Mannes, die Haare eines Mannes, der Penis eines Mannes.

Ich bin sicher, dass sich mein Gesicht durch diesen unverhofften Wunsch, zu gefallen, verändert hat. Ich höre fast das Rauschen meiner Gedanken, die mit unsinniger Geschwindigkeit herumsausen, als könnte nichts die Zuckungen meines Geistes beruhigen. So mischen sich Verlangen, Angst, vielleicht auch etwas Verdruss – woher dieser Verdruss kommt, ob vom Verlangen oder von der Angst, ist eine andere Geschichte. Ein Wirbel.

»Komm.«

Ich sage nichts. Ich sehe ihn an. Ich stehe auf. Ich sehe den Stuhl an, den ich zurückgeschoben habe. Und ich folge ihm, an seinem Arm hängend. Ich hatte Lust auf diese Abhängigkeit.

Wir sind ins Flaubert gegangen, in mein Zimmer. Er wohnt in einem anderen Hotel, hat aber offenbar meine Befürchtung erraten. Hat er geahnt, dass ich mich in meiner Umgebung wohler fühlen würde?

Wir haben uns umarmt, geküsst und in einer gleichzeitigen Regung ausgezogen. Der Hunger, den wir beide aufeinander verspürten, war der gleiche. Wir wollten das gleiche Vergessen, die gleiche Liebe, hier, jetzt, sofort. Wir waren im Gleichklang mit unserem Wunsch, ein Stückchen Ewigkeit miteinander zu teilen.

Ich war überrascht, wie schüchtern er war.

Die Entdeckung dieses behaarten Körpers, des etwas schlaffen Fleisches, des vorgewölbten Bauchs, der Hüftpölsterchen, die sich sanft anfühlten, rührte mich. Ich wollte meine Wange und meine Lippen darauflegen.

Unsere Kleidungsstücke flogen quer durchs Zimmer in Richtung Stuhl. Die Ungeduld packte uns beide, und wir fielen ineinander verschlungen auf das Bett.

Es ist wie mit dem Fahrradfahren, man vergisst es nicht. Man vergisst die Gesten, die Liebkosungen, die Küsse nicht. Ich glaube, man vergisst niemals. Wir waren beide fünfundsechzig, er vielleicht ein oder zwei Jahre älter, und wir hatten nichts vergessen von der Wärme der Körper, der aufsteigenden Hitze und am Ende dem Schweiß, der auf der Haut glänzt.

Dann legte ich meinen Kopf auf seinen Bauch, auf seine Wärme, einen Moment lang. Ich fühlte mich vollkommen wohl. Ein Moment der Ewigkeit mit einem Hauch Nostalgie. Nostalgie der Zukunft, wie mir scheint.

Er schlief nicht ein, er nahm mein Gesicht in seine riesigen Hände und küsste mich zärtlich. Er fragte nur, ob ich allein schlafen wolle. Als ich ja sagte, lächelte er mich nickend an und ging.

Ich bewahrte mir das Bild von einem Rücken und einem dunkelgrauen Regenmantel, den die Hände zurechtziehen. Ich hatte keine Lust, nachzudenken. Ich griff nach einem Buch, las eine Weile und schlief ein, ohne das Licht auszumachen.

Ich weiß nicht, wovon ich träumte, aber es muss angenehm gewesen sein. Ich wachte spät auf und rief mir alle Empfindungen des Vortages in Erinnerung. Das Bett hatte noch seinen Geruch. Davon wurde mir nicht übel.

Nachdem ich mich warm angezogen hatte, ging ich runter, um im großen, düsteren Saal des Hotels zu frühstücken. Ein Strauß weißer Tulpen erwartete mich, dabei ein Zettel.

Danke, Topolina. Ruf mich an, wenn du magst, nur wenn du magst. Jeff. Dazu eine Handynummer.

Ist das Leben so? Ist es so einfach? »Wenn du magst.« Wenn nicht, verschwinde ich.

Ich ging am Strand spazieren. Das Licht war klar, der Horizont gesäumt von den Frachtern, die darauf warteten, in den Hafen von Le Havre einzulaufen. Ich lief lange, bis zu einem anderen, einsameren Strand, wo ich mich auf einen Stein setzte und das Meer betrachtete.

Ich dachte an gar nichts. Nicht mal an Bataille und an die Beichtstühle. Oder an sein Gedicht *L'Anus solaire*, wo man nicht mehr weiß, wem die Arme, die Beine gehören, wo der eine anfängt, wo der andere aufhört. Ich dachte an die Hände des Mannes, die sich auf meinen Bauch gelegt hatten, ich dachte an seine Lippen, die sich auf meine Brust pressten, an seine Beine, die meine umschlangen, und an das leichte Kitzeln seiner Haare auf meinen Oberschenkeln. Ich dachte an meinen Kopf auf seinem Bauch.

Ich vergaß die Kerzen und den Geburtstag. Ich weiß sowieso nicht, wie ich fünfundsechzig Kerzen hätte anzünden sollen.

Ich verbrachte einen perfekten, zärtlichen und fieberhaften Tag mit Nichtstun. Ich ging zum Abendessen in ein kleines Restaurant, ohne Buch, um meine Einsamkeit auszufüllen, und ohne dass es mich störte. Ich lebte in mir, ganz dicht bei mir, ohne Fragen, ohne Beklommenheit.

Bis zu dem Moment, wo langsam diese Beklommenheit, diese dumpfe Beklommenheit aufkam. Wieder verlor der Horizont seine Klarheit. Das war wahrscheinlich zu heftig.

Wie konnte ich für Jeff so sichtbar, so voraussehbar gewesen sein? Ist es Demut, zu glauben, dass Jeff mich durchschauen konnte, weil ich nur ein gewöhnliches Exemplar der Menschheit bin, oder ist es Hochmut, zu glauben, dass Jeff mich durchschaut hat, weil ich so anders bin? Inwieweit bin ich *ich* in dieser Geschichte?

Ging es vielleicht um etwas anderes? Um etwas, das ich nicht einmal erahnte? Um etwas, das einem Anderswo ähnelte, unerreichbar, oder vielleicht auch erreichbar durch ungeschicktes Tasten, durch Annäherung und Fehlschläge, als würde man eine Skulptur nach der eigenen Vorstellung formen wollen und dabei wissen, dass sie einfach nicht richtig wird, dass man nicht ans Ende des Weges gelangt ist. Und als wüsste man, dass es ein trockener, trostloser, einsamer Weg ist. Und dann kommt plötzlich die Lust. Da ist es: greifbar, das Verlangen selbst.

Ich kam mir vor, als würde ich mich in eine Schülerin zurückverwandeln, die in ihren ersten Philosophiestunden das Leben erfasst. Ich fühlte mich lächerlich, spürte zugleich diese leichte Gereiztheit, die die Frage umdreht wie einen Handschuhfinger. Wenn ich lächerlich war, warum hatten dann die Philosophen ihr Leben damit verbracht, solche Fragen zu stellen? Ich fühlte mich plötzlich wie ein altes Kind.

Am Sonntag vor dem Mittagessen stieg ich wieder in den Zug. Ich blieb gerade lange genug in meinem Zimmer, um zu versuchen, mit Blick auf den Horizont diesen Abgrund von Fragen zu bewältigen. Ohne auch nur die Wellen wahrzunehmen. In meinem Kopf herrschte ein heilloses Durcheinander, aber ich wusste nicht, was ich durcheinanderbrachte.

Ich vergaß meinen Tulpenstrauß im Zug.

Ich fürchtete mich sogar vor der Heimkehr. Alles hatte sich bereits unwiderruflich verändert. Ich würde nicht die vertraute Unordnung vorfinden, in der ich mich mit leichtem Widerwillen lümmeln könnte: Auch meine Wohnung hatte sich verändert. Ich hatte das Gefühl, dass ich mich auf ein Anderswo eingestellt hatte, auf das ich mich nicht einlassen, auf Gefahren, die ich nicht sehen mochte. Ich wollte rückwärtsgehen, die Bequemlichkeit meiner Isolation, meiner Stille, meiner Einsamkeit wiederfinden. Ich hatte das deutliche Empfinden, dass es mit meiner Ruhe vorbei war.

Ich war erschöpft von meinen kreisenden Gedanken. Wenn ich nicht mehr dort war und noch nicht hier, konnte ich ebenso gut im Jetzt sein. Ich schlug ein Buch auf, und der Zug wurde mein Hier und Jetzt. Oder vielleicht das Buch?

Ich fürchtete den nächsten Tag. Ich fürchtete die Arbeit bei Madame. Ich fürchtete mich davor, die Straße entlangzulaufen, nach Hause zu kommen, abends in die Bar zurückzukehren. Eine Spur von anderem, von jemand anderem, und die Welt steht kopf – das kann man nicht hinnehmen. Und es geht nicht nur um einen anderen. Zwei Personen haben meine Welt verändert, ganz abgesehen von Graf und seinen Dummheiten. Ich wollte mein eigenes Reich wiederfinden, meine eisige Einsamkeit, letztlich meine Gleichgültigkeit.

Ein Bad. Und eine heiße Schokolade. Ich fragte mich plötzlich, ob wir jemals erwachsen werden.

Kleine Rochade hat mir unter das Kopfkissen, in seinen zusammengeknäulten Schlafanzug, einen Zettel gelegt.

Mein Kater ist weich. Er macht Dummheiten, aber wenn man ihn berührt, ist er weich. Ich habe dir ein Bild gemalt, es liegt in der Waschmaschine.

In der Waschmaschine? Die Kindheit ist trivial. Und Kleine Rochade ein besonders guter Beobachter. Muss ein Kind in diesem Alter schon wissen, dass ich, nur ich, die Waschmaschine bediene?

Da ist das Bild, in der Trommel. Gefaltet und noch mal gefaltet, voller Knicke und Ecken. Ein Nest mit winzigen Vogeljungen, die die Schnäbel aufreißen. Darüber ein Wurm, wunderbar gemalt, wunderbar deutlich. Und das rechte obere Viertel ausgefüllt mit einem dicken, sehr dicken Vogel, gezeichnet mit einem Füller, dessen Striche nicht gut sichtbar sind, sodass ich ihn nicht sofort erkannt habe. Dabei ist er durchaus vorhanden, dieser fütternde Vogel. Auf dem linken oberen Viertel ist dieselbe Zeichnung noch einmal, etwas kleiner, wie eine Skizze.

Madame muss eine Verbesserung in der Führung ihres Haushalts spüren: Ich poliere und reinige mit doppeltem

Eifer. Heute putze ich sogar die Fenster, trotz des Geruchs. Ich habe Lust, ihr eine Freude zu bereiten.

Es könnte ihr gefallen, dass ich ihren Wandschrank aufräume. Ich hole alle Pullover des linken Stapels heraus, lege sie neu zusammen und räume sie sorgsam wieder ein: die dickeren links, abgestuft nach Farben, die schwarzen zuunterst. Dann die dünneren, in der Mitte, wobei ich versuche, die Farben aufeinander abzustimmen oder nach Nuancen abzustufen. Die dünnen Pullover sind farbiger als die dicken. Rechts stapele ich die langen Pullover, Tunikapullover, die man zu Leggings trägt. Dazwischen lege ich wieder Lavendelsäckchen. Schließlich befasse ich mich mit T-Shirts, Spitzenhemdchen und anderen Kleinigkeiten. Das gehört nicht zu meinen Aufgaben, aber ich habe heute Lust, länger zu bleiben.

Auf der rechten Seite sind die Kleidungsstücke von Monsieur. Es sind nur wenige, er ist wohl verreist. Ich beschäftige mich nicht gern mit Männerkleidung.

Das Zimmer der Tochter ist immer wunderbar aufgeräumt, das Bett gemacht. Im Allgemeinen brauche ich nur alle vierzehn Tage das Bett zu beziehen, Staub zu wischen und den Fußboden zu saugen. Das Zimmer von Kleine Rochade ist eigentlich auch ziemlich aufgeräumt. Die Plüschtiere sind nebeneinander aufgereiht, einige teilen mit ihm das Bett, besonders ein dicker rosaroter Kopf, der aussieht wie einem japanischen Manga entsprungen. Das scheint etwas zu sein, was uns gemeinsam ist: Ich liebe Mangas und die japanischen Figuren.

Nur Bücher und Zeitschriften liegen in dem Zimmerchen herum. Ich weiß auch, was seine Lieblingsspielsachen sind: Die anderen sind immer auf demselben Platz. Ich wische den Staub ab, der sich drum herum anhäuft.

Anscheinend mag er keine Autos. Davon gibt es eine volle Kiste, und es liegen immer dieselben obenauf. Er spielt vor allem mit kleinen Holzstäben, wie aus einem Bastelladen, sie erinnern an Parkettleisten aus den siebziger Jahren.

Das ganze Zimmer unterstreicht seine Abwesenheit. Ob ich mich wohl trauen würde, ihm zu sagen, dass ich Lust habe, ihn zu treffen, zu sehen, zu atmen?

Natürlich nicht.

Zum Schluss schreibe ich ihm ein paar Zeilen auf ein Stück Geschenkpapier. Bevor ich es zusammenfalte, lege ich einen kleinen Amethyst dazu, von der Kette, die ich um den Hals trage. Er ist dunkelviolett, tropfenförmig.

Ich schreibe, dass sein Kater nicht mehr meine Waden zerkratzt. Dass ich ihm für das Bild danke. Ich will ihn nicht verschrecken, obwohl ich den Eindruck habe, dass kaum etwas ihm Angst machen kann. Er verströmt die Allmacht von geliebten Kindern, wenn auch mit kleinen Rissen.

In der Tat habe ich vor allem Angst, erwischt zu werden, habe Angst davor, dass ein anderer meine Zeilen findet und sie liest.

Ich kann ihn doch nicht einfach so bei Schulschluss abpassen und mitnehmen. Ich würde so gerne wissen, was er nach der Schule macht, wohin er geht und mit wem.

Ich habe drei Stunden länger als sonst in der Wohnung verbracht. Ich habe Musik angemacht und in seinen Büchern geblättert. Ich habe bis zum Schulschluss gewartet.

Vor dem Weggehen habe ich mir einen seiner Milchzähne genommen, die er in einer kleinen Schachtel aufbewahrt. Ein normaler Tausch gegen meinen Amethyst.

Ich kam wieder vor den Schulausgang, bog um sechzehn Uhr achtundzwanzig um die Ecke. Es waren genügend Leute da, damit ich unbemerkt blieb. Ich streckte mich, aber nicht zu sehr, setzte eine gleichgültige Miene auf und wartete.

Ich sortierte die Jungs der Größe nach, davon ausgehend, dass er mittelgroß sein muss, dass es kleinere und größere gibt. Erste Sortierung, die Kinder einer Klasse werden nahezu zeitgleich herauskommen.

Und plötzlich sah ich ihn. Derselbe wie auf den Fotos, die ich bei mir an die Wand gepinnt habe. Blonde Locken.

Er ging allein nach Hause. Ich heftete den Blick an seine Haare und sah nur ihn in der Menschenmenge. Ich folgte ihm gut hundert Meter, dann blieb ich stehen. Von weitem sah ich, wie er das Haus betrat. Ich hatte nicht den Mut, ihm bis zum Schluss zu folgen. Heute nicht. Noch nicht.

Nun werde ich ihn wiedererkennen. Und ich weiß, dass er allein von der Schule kommt. Er ist ein Schlüsselkind.

Ich hatte kaum Zeit, nach Hause zu gehen und mich umzuziehen. Plötzlich hatte ich den Eindruck, woanders zu sein, zu Hause, aber woanders. Ich war nicht sicher, ob ich in diesem Raum zu Hause war, ich fühlte mich irgendwie nackt. Ich gewöhne mich nur langsam an Neues.

Ich fühlte mich wie in einem Dazwischen, weder hier

noch woanders. Ich fühlte mich, als sei mein Zuhause dieses Kind.

Das mir mit einer Pirouette und einem Lachen entglitt. Ich hatte keinerlei Vorstellung, wie ich an ihn herankommen könnte – ich dachte, es müsste einfach sein, Kinder sind nicht so steif wie Erwachsene, im nächsten Moment stellte ich mir vor, dass er mich ansieht, und das war unerträglich. In meiner hohlen Hand pikte mich sein Milchzahn mit einer Unebenheit, einem kleinen herausragenden Stachel. Hätte ich in meinem Mantel Taschen gehabt, ich meine, Taschen, die nicht zugenäht sind, hätte ich ihn darin lassen können und ihn zufällig, unverhofft, zwischen meinen Fingern gespürt, nun aber war er in meiner Hand geblieben.

Der Boss liest hinter der Theke Zeitung. Seine Brille ist abgerutscht und reitet in prekärem Gleichgewicht auf seiner Nasenspitze. Es sind nur wenig Leute da, einige Gäste an der Bar starren ins Leere. Ein einziger Tisch ist mit vier Personen besetzt, die ihr Abendessen in der Dämmerung mit Aperitifs einleiten, die sie in sanfte Euphorie versetzen und sich vergessen lassen, bis zu dem Moment, wo sie nach dem Essen anfangen werden, einander anzuschreien. Komisch, wie vorhersehbar das ist, dieses Gespür dafür, dass die Verbindung von bestimmten Personen eine explosive Wirkung haben kann. Das ist so exakt wie Mathematik, man erkennt die Vorzeichen.

Von der Kundschaft her ist der Laden halb Kiezkneipe, halb angesagte Bar. An manchen Freitagabenden im Sommer schwappt die Menge auf den Bürgersteig, besonders seit man drinnen nicht mehr rauchen darf. Unter der Markise wurden drei Halogenheizungen angebracht, und einige Gäste bleiben den ganzen Abend draußen an Stehtischen und diskutieren mit gelangweilter Miene. Das sind genau die, die ein Club-Sandwich nach Art des Hauses bestellen und dann heimgehen, um rechtzeitig im Bett zu sein und morgen in perfekter Form aufzuwachen. Der Typ »Bankkader«. Dabei haben sie das gleiche Alter wie die Pseudokünstler, die man an ihrer etwas zu sorgfältig gewählten Kleidung erkennt, alles etwas zu sehr aufeinander abgestimmt, geeignet für Menschen, die ihrer selbst nicht ganz sicher sind, aber den Schein wahren wollen. Der Anteil von Männern und Frauen in dieser Kategorie ist gleich groß. Die Kluft besteht nicht mehr zwischen den Geschlechtern, sondern zwischen den sozialen Schichten – also vor allem im Streben nach einer höheren gesellschaftlichen Stellung. Es ist die Kategorie der »vom Leben Frustrierten«, derjenigen, für die es nie genug oder immer zu viel sein wird. Derjenigen, die verzweifelt danach trachten, sich selbst zu ähneln, sich aber nicht gut genug kennen, um es zu schaffen.

Dann gibt es noch die »Künstler der Seele«, diejenigen, die nur tagsüber in das Gewand eines Bankangestellten oder eines Zeitungskorrektors schlüpfen, diejenigen, bei denen man spürt, dass das Leben sie vor andere Probleme gestellt hat. Deren Outfit ist bunt zusammengewürfelt, ein bisschen schlampig, dann und wann mit glücklichen Fügungen. Das sind die, deren Kleidung man vergisst, um nur die Gestalt im Blick zu behalten.

Diese Kategorie vereint sehr unterschiedliche Typen mit Misstönen in der Kleidung, die ein wenig ihr Leben veranschaulichen. Der mit dem Blazer, dessen Futter hinten vorguckt, hat keine Liebe, die ihm die Schultern zurechtrückt und ein bisschen am unteren Ende der Jacke zupft.

Die Alleinstehenden – oder die, die es bald sein werden – erkennt man fast immer, in allen Kategorien. Nicht ihre

Flirtbereitschaft macht sie so offensichtlich, sondern ihre Kleidung, bei Männern wie Frauen. Bei den Frauen gibt es eine Art Aufforderung, ein »Schaut mich an«, das sie offenbar zwingt, ihrem Outfit besondere Aufmerksamkeit zu widmen; sie zeigen nicht die kaum merkliche Nachlässigkeit von Frauen, die in einer Beziehung leben. Bei den Männern ist der Unterschied nicht so auffällig: Er äußert sich in einem Detail, meistens der Krawatte, bei denen, die eine tragen. Ob eng gebunden oder locker auf einem Hemd mit offenem Kragen, die Krawatte spricht immer Bände: Klaviertasten mit kleinen weißen Gespenstern auf schwarzem Grund von wegen »Schaut her, ich bringe euch zum Lachen«, die Fliege des Architekten, die weiße Krawatte des Dandys und die des Rockers, schwarz und schmal wie eine spitze Zunge. Es gibt auch die Krawatte, die sich wellt, und die, deren Stoffschräge schlecht verarbeitet ist.

Es gibt diejenigen, die ihre Krawatte in die Tasche stopfen. Sie verursacht eine typische kleine Beule auf der Hüfte.

Diese Zeit ist mir am liebsten – wenn ich mich auf meinem Hocker umschauen kann und die Gestalten deutlich erkenne. Sie dauert etwa zwei Stunden, die Zeit des Aperitifs und die Zeit des Abendessens, bis die kommen, die im Restaurant gegessen haben. Das ist schade, weil es auch die Zeit ist, in der ich am meisten zu tun habe, die Zeit der Leute, die nur ein Sandwich essen. Ich habe aber so viel Routine beim Sandwichmachen, dass es mich kaum ablenkt.

Da ich mich kaum bewege, bin ich zugleich sichtbar und unsichtbar. Der Blick der Leute gewöhnt sich, das ist wie beim sogenannten chinesischen Diebstahl. Dessen

Prinzip besteht darin, dass man einen Gegenstand jeden Tag ein bisschen verrückt, bis sich der Blick an die Bewegung gewöhnt hat, sodass er den Gegenstand nicht mehr sieht, aber auch nicht wahrnimmt, wenn er verschwunden ist. Wenn ich mich mehr oder in einem größeren Radius bewegen würde, könnte man mich besser orten. Ich bewege mich wenig. Ich bin unsichtbarer als ein gestohlener Brief.

Ach ja, das habe ich vergessen. Es gibt noch eine Kategorie, ein bisschen abseits, wahrscheinlich habe ich deshalb nicht daran gedacht. Die Nicht-Bargänger. Die erkennt man zuerst, egal was sie anhaben. Man sieht es am Blick, immer in Bewegung, immer auf der Lauer. Auch der Körper lauert, ist angespannt, aber den Blick bemerkt man zuerst. Der Rest ist ganz unterschiedlich, vom Pickligen mit verschlagenem Blick, der auf Anhieb eine mögliche Beute ausmacht, oder dem Intellektuellen, der sich mit einer Zeitschrift in eine Ecke verkriecht, bis hin zu der jungen Frau, die mit einem Taschenbuch in der Hand auf ihrem Barhocker in sich zusammensinkt. Meistens verschwinden Buch oder Zeitschrift schnell, das ist normal, dazu sind sie da. Die meisten Leute lernt man in seinem beruflichen Umfeld kennen, aber bei manchen Jobs ist die Situation aussichtslos. Je nach Abend gibt es immer einen oder zwei, die am Ende entweder ihr Buch wieder rausholen oder sich davonmachen, übrigens oft mit einem der anderen Atypischen. Manchmal sind es zwei Frauen, die zusammen ausreißen, oder zwei Männer.

Wenn ich angebaggert werde, dann immer von einem »Atypischen«. Mann oder Frau. Meistens jung.

Jedenfalls habe ich einen perfekten Überblick über alles, was passiert, bis zu dem Moment, wo der Saal voll wird; alle stehen dicht gedrängt, und ich kann die Gestalten nicht mehr voneinander unterscheiden. Um diese Zeit wird auch ein säuerlicher Geruch spürbar, von dem man stumpfe Zähne bekommt. Aber wenig später ist mein Dienst zu Ende, weil dann die meisten Leute satt sind.

Heute Abend habe ich Lust, zu laufen. Die Bar ist ein wunderbarer Ort, um sich selbst zu vergessen. Vielleicht ist auch die Arbeit ein wunderbarer Ort, um zu vergessen.

Die Erinnerung kommt schnell wieder und hat das Bild von dem auf seinem Foto erstarrten Kleine Rochade durch das Bild seiner tanzenden Locken ersetzt. Sein Haar ist eher Platin als Gold, Kinderhaar. Das ist das Einzige, was mir im Gedächtnis haftet, sein Haar. Ein Lichthof. Ich hatte keine Zeit, sein Gesicht richtig zu sehen. Aber ich habe ihn wiedererkannt.

Der Elfenbeinturm, den ich mir fünfzehn Jahre lang geduldig aufgebaut habe, bekommt durch die Anmut eines blonden Kindes binnen einiger Tage Risse. So viele Dinge sind in den letzten paar Wochen passiert, die ich nicht bewältigt habe. Aber ich habe nicht die Flucht ergriffen.

Die Ereignisse folgen aufeinander, als wäre ich nur Zuschauerin. Dabei bedurfte es eines Anstoßes. Was war der genaue Anstoß zu einer so radikalen Änderung meines Lebens, als hätte ein unterirdisches Beben meine Welt erschüttert?

Ich weiß, dass es das erste Briefchen von Kleine Rochade war. Jemand kam mich holen, jemand, den ich nicht einmal kannte, der durch die Kraft einiger Wörter zu mir kam.

Ich machte es mir in meinem Bett gemütlich, in meiner Schlafkammer, einem winzigen Zimmerchen, in dem kaum ein Bett Platz hat, einer Art Alkoven, kuschlig wie ein Nest. Es hat ein hohes Fenster mit Blick auf die nackten Baumwipfel. Unter meinem Federbett hervor sah ich die Äste, die sich dem Himmel, dem Vollmond entgegenstreckten.

Ich konnte nicht schlafen. Das Bild von Kleine Rochade kreiste in meinem Kopf. Kleine Rochade, dem ich für einen Moment so nah gewesen war und doch Lichtjahre von ihm entfernt.

Es ist zu spät für eine Umkehr. Ich stand auf, um die Arbeit zu beenden. Wegwerfen, noch mal wegwerfen, auch noch den letzten unnützen Gegenstand loswerden. Waschen, putzen. Ich öffnete alle Fenster in die nackte Nacht, die nasse Stille.

Aber ich konnte mich nicht rühren. Sobald ich aufstand, vergaß ich, was ich machen wollte, und setzte mich wieder hin. Mein leerer Geist klammerte sich an die Stille. Ich bibberte lange, ohne auch nur daran zu denken, die Fenster zu schließen. Ich dachte an nichts. An nichts. Meine Augen vermochten kaum wahrzunehmen, was ich vor mir hatte, als sähen sie eine Form, eine Farbe, die sich auf nichts bezog. Alles existierte für sich, aber nichts hatte einen Bezug zu mir. Das alles war mir nur ganz undeutlich bewusst. Ich fühlte mich von *Acedia* befallen, jener göttlichen Langeweile, die auch Klosterinsassen ergreift. Eine Todsünde. Ein Gefühl, das genau auf meinen Fall zutrifft. Nichts stützte mehr mein flüchtiges Denkvermögen.

Das geht vorüber. Das ist die Schlange in meinem Kopf, die sich häutet, dachte ich mir.

Ich setzte mich vor meinen Rechner und spielte mit den Fotos von Kleine Rochade. Ich wählte eins aus, vergrößerte es riesengroß, druckte es in Schwarz-Weiß auf zwölf Blatt Roberto-Seidenglanzpapier aus, von dem ich einen Vorrat habe. Das ist herrliches Papier, seidenweich, zärtlich bei der Berührung, und zugleich dicht genug, dass die Druckertinte nicht in die Fasern dringt und somit eine gleichmäßige Wiedergabe der Pixel gewährleistet ist. Ich klebte die Blätter an die Wand und ließ zwischen ihnen einen Abstand von einem Zentimeter in Höhe und Breite, dann betrachtete ich dieses riesige Gesicht, das granuliert, pixeliert, nur noch bedingt erkennbar war, das nur noch bei Betrachtung aus der Entfernung seinen Sinn erhielt.

Mir fielen die riesigen Fotos ein, die ich in Bergen-Belsen gesehen hatte, Fotos von Massengräbern; Fotos von Männern, von Frauen, von Kindern, so groß, dass sie irreal wirkten.

Ich wusste nicht mehr, was ich mit dem Kind machen sollte, das mein Denken beherrschte. Es entführen? Zum ersten Mal kam mir dieser Gedanke, den ich in die Randzonen meines Bewusstseins verdrängt hatte, klar und deutlich in den Sinn.

Ihn entführen. Ihn bei der Hand nehmen und entführen. Ihn mitnehmen.

Ich ging schlafen, endlich.

Die ganze Nacht träumte ich von ihm. Ich hatte nicht gewusst, dass ein Verlangen so heftig sein kann. Ich wollte, dass dieses Kind mir gehört, ich wollte es ständig anschauen, berühren, hören, einatmen können. Noch nie war ich so außer mir gewesen. Ich hatte schon heftigen Zorn empfunden, hatte Mordabsichten verspürt, aber ich hatte nichts von dem heftigen, stechenden Schmerz eines solchen Verlangens gewusst. In meinem Schlaf, der ein Wechsel von Träumen und kurzen Wachphasen war, stahl ich ihn, versteckte ihn, dachte mir Wege aus, um jeden Verdacht von mir fernzuhalten, bis hin zu der Überlegung, nicht mehr als üblich einzukaufen, um jeglicher Annahme zuvorzukommen, ich könnte dieses Kind bei mir verstecken. Ich stellte mir vor, wie ich ihn in ein entlegenes Haus auf dem Lande brachte, wo wir in den Wäldern leben würden, wild wie die Tiere. Ich spürte, wie ich zu jeder Verrücktheit imstande gewesen wäre, um dieses Kind bei mir zu behalten.

Ich malte mir aus, welche Hebel ich in Bewegung setzen könnte, um es zu begeistern. Mit brodelndem Hirn stellte ich Listen von allem zusammen, was der Ausführung meines Plans dienen sollte. Ich stellte mir vor, wie ich ihn mit Briefchen umgarnte, ihm eine erste geheime Begegnung vorschlug, er sollte mich kennenlernen und an dem Tag, wo ich ihn bei der Hand fassen und mitnehmen würde, keine Angst vor mir haben. Denn ich wollte, dass er mit dieser Entführung einverstanden, dass er voll und ganz beteiligt wäre. Ich kämpfte gegen die Welt, für ihn und für mich. Mit einer Liebe wie der meinen würde er sich nur bei mir voll und ganz entfalten und glücklich leben können. Das sollte er begreifen. Wir beide mussten zusammen gegen die ganze Welt stehen.

Ich würde weiter bei Madame putzen, damit kein Verdacht auf mich fiele. Wenn nötig, würde ich sie trösten, während Kleine Rochade wohlgeborgen im Keller auf mich wartete. Zuerst würde ich ihm eine Höhle aus Stoff bauen – etwas anderes könnte ich nicht ungesehen in den Keller schaffen: Schmale Stoffrollen gehen bequem nachts durch die Kellerluke. Eine Höhle wie aus *Tausendundeiner Nacht*, aus luftiger Seide, bunten Schleiern und Bändern, in der wir all die Märchen gemeinsam erleben würden. Ich würde ihn mit meiner Dekoration und meinen Geschichten auf Phantasiereisen mitnehmen, und er würde vergessen, dass es einst eine andere Wirklichkeit gegeben hat. Später würde ich einen Durchbruch in den Fußboden des Ateliers machen und eine Leiter aufstellen. Dann könnten wir bei zugezogenen Gardinen zusammen oben bleiben, wenn ich nicht bei der Arbeit wäre.

Während ich die Fläschchen und Döschen mit den Pflegeprodukten von Madame aufräume, würde er auf mich warten. Meine Pläne müssten nur gründlich durchdacht sein, damit mein zügelloser Wunsch, ihn bei mir zu haben, in Erfüllung ginge. Ich jubelte voller Vorfreude.

Es ist schon eigenartig, wie verrückt einem die nächtlichen Gedanken vorkommen, wenn man morgens aufwacht. Besonders, wenn man vergessen hat, die Fenster zu schließen, und es hundekalt ist.

Mein Problem ist trotzdem nicht gelöst. Ich habe ein neues Briefchen von Kleine Rochade gefunden. *So, jetzt hat der Kater den Fisch gefressen. Ich habe Rockade ein Halsband gemacht, um ihn an der Leine zu führen. Mechtest du?*

So was auch! Er hat dem Kater ein Halsband umgebunden. Dem Fischkater? Oder besser dem Katerfisch? Und er fragt, ob ich »mechte«. Ob ich möchte? Den Katerfisch spazieren führen? Und dann, was fragt er mich als Nächstes? Ob ich die Zebra-Kuh füttere und mit dem Katzen-Pony Gassi gehe? Und vielleicht die Gämse kraule? Diese Kindereien müssen aufhören, ich werde nicht antworten.

Trotzdem musste ich lachen. Das Kind weiß nicht, was es aus mir gemacht hat. Es weiß nicht, dass es mich in verlorene Paradiese, in vergessene Höllen mitgerissen hat. Und in eine spaßige Gegenwart.

Urplötzlich ist der Wahnsinn in greifbarer Nähe. Beinahe körperlich nehme ich den Augenblick wahr, wo alles umkippt. Gibt es nach diesem Augenblick ein Danach? Eine Umkehr? Oder kommt dann eine lange Nacht, die auf einen einzigen Gedanken fixiert ist? Oder auf nichts, auf die Leere fixiert? Können sich nach diesem Schiffbruch noch andere Gedanken in den Geist mischen?

Ich bekam Angst. Mich packte ein Entsetzen, das mich wanken ließ; mein Gesicht glühte, am liebsten hätte ich mir die Haut abgerissen, die stach und brannte. Ich spürte, wie meine Wangen bebten.

Ich habe doch nichts getan! Ich habe nur nachgedacht, geträumt, phantasiert. Für Verbrechen der Phantasie gibt es keine Gefängnisse. Höchstens Irrenanstalten.

Ich wusste nicht mehr, ob ich über meine Hirngespinste lachen sollte. Das Entsetzen hatte es wirklich gegeben, es hatte mich wirklich einen Moment lang überwältigt. War ich denn verrückt gewesen? Kann man eine Nacht lang verrückt sein und am nächsten Tag wieder normal?

Wahrscheinlich. Wahrscheinlich war es das, was mir gerade widerfahren war. Und nur das.

Mit neuer Leichtigkeit und fröhlichem Schritt ging ich lächelnd los. Vorbei die Abgründe, die Halluzinationen, in denen ich mich ihm im Keller eine Hütte bauen sah. Ich werde ihm kein Glas Wasser durch das Kellerfenster reichen.

Trotzdem habe ich ein bisschen Angst vor diesen abrupten und schwindelerregenden Umschwüngen.

Außerdem kennt er Chartres vielleicht schon. Ich wehre mich dagegen, mich zu so trivialen, so irrwitzig trivialen Überlegungen, Gedanken, Hoffnungen hinreißen zu lassen. Ich habe plötzlich das Gefühl, dass sich etwas wirklich verändert, wirklich bewegt hat. Und dass ich die entsprechenden Gefühle werde zeigen müssen. Ich weiß noch nicht, wie ich das anstellen soll, aber ich werde einen Weg finden. Ich empfand eine Art missmutiger Scham über meine Nachtgedanken – sie blieben im Hintergrund, ohne dass ich sie ganz abschütteln konnte. Ich werde einen anderen Weg finden, ihn mir anzueignen. Er wird auf jeden Fall und wie auch immer mir gehören. Ich werde darüber nachdenken, aber nicht zu sehr. Ich will mich nicht von dem unsinnigen Wunsch hinreißen lassen, ihn zu besitzen, indem ich sein Umfeld übergehe. Ich werde subtiler vorgehen.

Zumal ich eine Woche Urlaub habe. Madame Léger hat mir einen Zettel geschrieben: Wegen Renovierungsarbeiten sind die ganze Woche Handwerker in der Wohnung. Sie denkt, dass sie mich frühestens in der folgenden Woche brauchen wird.

Warum hat er den kleinen Amethyst nicht erwähnt, den ich ihm dagelassen habe? Nicht mal ein Danke.

Dieser Zwangsurlaub stellt mich vor ein Problem: Ich weiß nicht, ob ich mich darüber freue oder nicht. Ich glaube, ich habe eine Heidenangst vor dem, was man Ruhestand nennt. Mit fünfundsechzig Jahren habe ich, da ich weder rauche noch trinke, eine Lebenserwartung von siebenundachtzig Jahren. Noch mehr als zwanzig Jahre. Balzacs *Frau von dreißig Jahren* mit ihren schwindenden Kräften wäre heute ein geradezu prähistorisches Geschöpf. Dabei wurde der Roman erst vor hundertsiebzig Jahren geschrieben. Womöglich muss ich mir wie Graf nach dem Dreisatz ausrechnen, wie viel Freuden mir noch verbleiben.

Dabei habe ich so sehr gelebt.

Selbst der Supermarkt macht mir heute keinen Spaß. Ich komme mit dem Saint-Marc-Waschmittel wieder raus. Kann ich wirklich meine Gedanken reinigen? Von Zeit zu Zeit wäre es sinnvoll, dann würden sie etwas weniger abgedroschen erscheinen.

Schluss mit diesem Schwachsinn, da ist ein Sonnenstrahl. Ich habe noch mehr als zwanzig Kilo Gips, damit kann ich auch etwas anfangen. Das wird mich vor Langeweile bewahren. Außerdem habe ich Saint-Marc, um die Schäden zu beseitigen. Und genug Handcreme habe ich auch.

Ich hab noch ein paar alte Gemälde, die ich recyceln kann. Auch Pigmente, alte Erde, die ich aus Roussillon mitgebracht habe, Cadmiumsulfat zitronengelb und dunkelrot, Kobaltblau, Zinkweiß, Magenta-Rot und Schwarz. Fast die komplette Palette. Ein Eigelb reicht als Bindemittel für Tempera.

Ich darf nicht vergessen, dem Gips Milch zuzusetzen, die ihm den passenden Glanz verleiht.

Pigmente. Beim Aufräumen der Wohnung bin ich unter meinem Bett darauf gestoßen. In alten Schachteln von 35-Millimeter-Filmen, die ich seit Jahren nicht mehr geöffnet, aber immerhin behalten habe. Sie gehen leichter auf, als ich gedacht hätte.

Mir fallen langvergessene Handgriffe wieder ein. Nach dem Messer greifen und reiben. Etwas finden, was mir dann für meine speziellen Verfahren nützen kann, einen Flaschenboden, eine Trinkschale für eine Rundung, einen Teelöffel, um etwas auszuhöhlen.

Ich habe etwas auf die Leinwand gebannt, das nur entfernte Ähnlichkeit mit einem Gesicht, einem Körper hat, mit Dellen und Beulen. Ich arbeite fieberhaft, mit einer Dringlichkeit, die mich überfordert. Der Dringlichkeit, etwas mit Farben festzuhalten, glaube ich.

Sie werden blass sein, ich brauche fleischfarbene Töne, Rosa-Beige, verwaschene Farben, Gelb von frischer Butter, Grün von angelaufener Bronze, eher graugrün, fast bläulich. Ich komme mir vor, als würde ich in der Bar ein verdorbenes Sandwich zubereiten.

Ich habe stundenlang gearbeitet, geformt und zerstört, mich ungeschickt vorgetastet. Stundenlang immer wieder von vorn angefangen mit dem Gips, den ich mit Leim und Pappmaché vermengte, damit das herauskäme, was ich mir vorstellte. Ich wollte ein konkaves, hohles Gesicht, dessen Ränder durch kleine Würste aus zerplatzter Masse gerundet sind. Ein entstelltes Gesicht mit unscharfen Konturen. Ich wollte einen mickrigen, verwachsenen Körper, bei dem eine Schulter tiefer sitzt als die andere, mit einem vorstehenden Brustbein. Es ist mir nicht geglückt, Farbe hineinzubringen, nicht mal die verdorbene Farbe, die ich diesem Gesicht gern aufdrücken wollte.

Ich wollte arbeiten, und ich arbeitete. Bis zur Erschöpfung. Ich wollte den Ausdruck verstehen, den ich diesem Gesicht, diesem Körper gab, wollte wissen, was mir diesen Strich eingab und keinen anderen, woher die Genauigkeit meiner Vorstellung rührte, und sie auf der Leinwand wiedergeben. Ich arbeitete wie ausgehungert.

Als der Gips dem, was ich mir erhoffte, spürbar ähnlich wurde, hörte ich auf. Morgen muss ich die Verbindung zur Farbe finden. Mir schweben ausgeblichene Farben vor, die zum Weiß, zum Verschwinden streben. Ich werde sie stellenweise lackieren, um den Eindruck von Feuchtigkeit wiederherzustellen, den ich bestimmten Vorsprüngen, Flächen, den Konturen der eingedrückten Wangen, dem Brustbein geben will.

Tonnenschwer fiel ich auf mein Bett und schlief, als müsste ich den Schlaf von Jahren nachholen.

Zum ersten Mal seit Jahren habe ich nichts zu tun. Eile ich nicht von einer Arbeit zur anderen und muss meine Tage ausfüllen.

Ich muss auch ein Violett finden, Bischofsviolett zum Beispiel. Für einen Pflaumenton würde ich ein wenig Terra di Siena hinzufügen – das ist der leuchtendste Braunton, den es gibt. Diesen Ton würde ich gern verwenden.

Mit lange vergessenem Glücksgefühl vertiefe ich mich in die Mischung der Farben. Ob man Pigmente mit Eigelb, Honig oder Zitrone bindet, jedes Mal fühlt es sich anders an. Das Glücksgefühl der Materie trägt mich fort wie Jazz.

Ich habe die Musik vergessen. Ich habe sogar die Musik vergessen. Ich fühle mich wie eine Genesende, ich fühle mich, als ginge ich mit kleinen Schritten etwas anderem entgegen, ohne es gesucht, ohne es gewollt zu haben.

Ich habe sehr lange geschlafen. Allerdings habe ich keine richtigen Ferien: Heute Abend gehe ich in die Bar. Irgendwann muss ich aufwachen. Es ist schwierig, ich könnte ewig in diesem Zwischenzustand bleiben. Nicht aufwachen. Nicht hinausmüssen. Nicht wissen müssen. Aber die Zeit rennt, und ich bin schon spät dran.

Macht nichts, ich gehe trotzdem zu Fuß. Es ist weit, aber ich habe plötzlich Lust, die Lichter der Stadt wiederzufinden, ich habe Lust, die Menschen leben zu sehen, ich habe Lust auf diese wechselnde Atmosphäre, die ich unterwegs auf mich einwirken lasse. Eine halbe Stunde zu Fuß durch Paris, das sind so viele unterschiedliche Orte, Viertel, Stimmungen. Und plötzlich fällt mir ein, dass ich Glück habe, weil ich auf so etwas Lust haben kann, auch wenn ich mich ein wenig dazu zwingen muss. Ich denke an meine Gesundheit, an meinen Körper, den Körper einer alten Frau: Die Gesundheit des Gehirns steckt in meinem Alter angeblich in den Füßen. Wenn man täglich eine bestimmte Zeit läuft, kann man sogar seine kognitiven Fähigkeiten verbessern.

Ich laufe, weil es mir Spaß macht. Ich würde gern skaten, aber dafür bin ich nicht sehr begabt. Auch ohne dass es meine kognitiven Fähigkeiten verbesserte, würde ich es gerne lernen. Schon um schneller voranzukommen und durch Viertel zu fahren, die ich wenig kenne, in denen ich nie bin.

Irgendwie ist mir der Sinn für Freude immer geblieben. Dieser Sinn hat sich ausschließlich auf mich gerichtet, gilt nur mir. Ich teile nicht.

In der Bar teile ich auch nicht. Auf meinem Hocker zu sitzen ist wahrscheinlich auch eine Art, nur für mich da zu sein. Ich mag die Vorstellung, für mein Vergnügen bezahlt zu werden. Und diese Arbeit ist mein Vergnügen. Ich bin ein Glückspilz.

Meine Einsamkeit gefällt mir, nur Isolierung würde ich hassen. Trotzdem habe ich den deutlichen Eindruck, dass die einmal getroffene Entscheidung, für die anderen unzugänglich zu sein, Risse bekommen hat. Mir scheint, das geschieht nicht aus freien Stücken. Mich erfüllt plötzlich Ergriffenheit, das Gefühl, dass eine Epoche abrupt zu Ende geht. Ich fühle mich so lebendig wie noch nie.

Ich frage mich, was Madames Wahrsager zu meinem Leben sagen würde. Hätte er Jeff, meinen Riesenplüschbär, gesehen, hätte er mir eine Begegnung mit meiner Fuchsie angekündigt? Das ist das, was die Leute im Allgemeinen bei einem Wahrsager erwarten. Er soll ihnen ankündigen, dass sie dem Mann oder der Frau ihres Lebens begegnen, dass ihre Arbeit ihnen endlich viel Geld einbringen wird und dass das Glück in Reichweite ist, da kommt es schon.

Er hätte wahrscheinlich einen x-beliebigen Jeff gesehen. Der wahre Jeff war perfekt und kam wie gerufen. Unser Abend bleibt mir im Herzen wie eine Wohltat für diesen vergessenen, verleugneten, der Freude beraubten und auf seine elementarsten Funktionen reduzierten Körper. Körperliche Lust ist keine elementare Funktion. Sie ähnelt eher einem musikalischen Satz, mit ganzen und halben Noten, Tiefen und Höhen, Dur und Moll, Trillern und Seufzern. Sie begeistert und überrascht genauso wie ein schöner Traum.

Vielleicht war das ein Probelauf für das wahre Leben? Ich weiß nicht, wo es ist, das wahre Leben. Ich weiß es nicht mehr. Ich hatte das Gefühl, dass das Leben, das ich führte, das ich in dem Bestreben führte, mich von mir selbst zurückzuziehen, das wahre Leben war. Ich vermute, es war mein wahres Leben, denn ich habe es gelebt. Heute ist es dabei, sich zu verändern, mit der Portion Angst und

Bedauern, die Veränderungen mit sich bringen. Es gibt keine falschen Leben, es gibt nur verschiedene.

Das Leben schlechthin also. Das Leben, das man von Tag zu Tag, von Minute zu Minute führt. Meins. Ich habe Jeff nicht angerufen, Pech. Der Jubel der Körper ist Sache eines Augenblicks, und ich bewahre mir lieber diesen perfekten Augenblick. Womöglich hätte er mich am nächsten Tag beschuldigt, Sandspuren auf der Schwelle seines Hotelzimmers hinterlassen zu haben. Die Anpassung von Körper und Geist erfordert Zeit, die Gemeinsamkeit ist immer im Werden, muss immer weiter gewonnen werden.

Wieweit bin ich für die Zukunft verantwortlich? Gedanken steigen auf wie Schaumblasen und platzen, Veränderungen, die man in der Ferne wie winzig kleine, unbestimmte Punkte sieht, rasen heran, und nehmen hier, jetzt, vor mir Gestalt an. Monster. Näher betrachtet, werden sie sich vielleicht in einen Alptraum verwandeln, sind sie höchstens dafür da, in einen Wandschrank gesperrt zu werden. Ich habe das Gefühl, wie eine Seiltänzerin auf einem schmalen Pfad zu gehen, einem Grat, der von rutschigen Abgründen und steilen Spalten flankiert ist. Ich verstehe das alles nicht.

Ich muss das Anekdotische, die überflüssige Bewegung meiden und das Gerüst des Denkens finden. Ebenso wie das Gerüst der Skulptur, der Zeichnung, der Farben. Speziell die Farben sind rätselhaft. Ich kann es kaum erwarten, dass der Abend zu Ende geht, dass ich nach Hause komme, um wieder an dem zu arbeiten, wovon ich noch keinen genauen Plan habe, aber immerhin eine Vorahnung.

Kleine Rochade ist mein fehlendes Teil geworden.

Es ist spät. Im Kunstlicht ist mir das Atelier weniger fremd. Meine alten Bürsten mit den hartgewordenen Borsten entspannen sich in meinen Händen. Sie haben fünfzehn Jahre unter einem Bett zugebracht. Mit hartnäckiger Ausdauer habe ich die Grundierung vorbereitet, meine Öle und Lacke bearbeitet und sie auf die grundierte Leinwand aufgetragen, damit sie die Farben nicht aufsaugt. Ich wollte, dass sie an der Oberfläche bleiben, oben auf dieser dichten Masse, dass sie das verschwommene Blassrosa sind, dessen Spuren die Form überziehen, die ich mit diffusen Konturen hergestellt hatte. Ich habe meine Farben neugemischt; sie waren eingetrocknet und hatten nicht die Geschmeidigkeit, die ich erreichen wollte.

Ich trug meine Mischung unverzüglich, ohne sie ruhenzulassen, mit einem Lappen auf – meine Bürsten waren unbrauchbar, die Borsten würden auf jedem Untergrund knirschen. Dann mit zwei Lappen: Mit dem zweiten nahm ich den Staub auf, der sich auf den Büchern in den Regalen angesammelt hatte, dann trug ich mit beiden Händen das schmutzige Rosa und das staubige Grau auf und wischte schließlich alles Überschüssige ab. Fleischfarbene

Schlieren durchzogen dieses Grau in einer Mischung, die das Weiß kaum beeinträchtigt hatte.

Dann die Farben. Terra di Siena, Veronese-Grün, ein Paar Tupfer Cadmium-Orange: Die mit dem Messer aufgetragene dunkle und erdige Stimmung erinnerte mich an graue Winterfelder. Der Küchentisch war wieder eine Baustelle mit Weckgläsern, Flaschen, Geschirr und fleckigen Lappen.

Schlafen werde ich morgen. Wenn meine Mischung anfängt zu trocknen, kann ich nichts mehr mit ihr anfangen. Mit der Fingerspitze trage ich einige Streifen von durchscheinendem Blau und Dunkelgrün auf, dann greife ich wieder zu meinen Lappen, um andere Stellen zu bearbeiten, die Farben zu verwischen.

Der Kopf ist entstellt, ganz dick im Verhältnis zum krummen und mickrigen Körper.

Ich wurde von einem Klopfen am Türrahmen geweckt. Graf. Genauso unangebracht wie beim letzten Mal.

»Frühstück, meine Liebe. Im Bistro?«

»Nicht jetzt. Nicht heute.«

»Morgen? Früh? Bist du da?«

»Ich bin da. Gegen elf.«

Ich bin heilfroh, dass er nicht reinkommen will. Ich mache mich schnell fertig, als könnte er wiederkommen und sich niederlassen.

Ich bin für strikte Selektion, und jetzt habe ich zu tun. Ich möchte wissen, woran aus den Jahren vorher ich mich erinnern möchte und woran man auf keinen Fall rühren darf. »Man«, das bin ich.

Was ich gestern gemacht habe, ist schlecht. Wie alles, was ich abends mache, wenn es noch nicht stockfinster ist und ich mich noch mal aufgerafft habe, weil es dringend ist. Wenn die gedämpfte Stille der ersten Stunden des Tages als Glücksgefühl in meiner Arbeit spürbar wird. Was ich fabriziert habe, ist fertig, daran kann man nichts mehr ändern, aber es ist schlecht. Ich stelle es in eine Ecke gegen die Wand.

Es ist ein missratenes Kind. Ich stelle es in die Ecke. Ich habe schon haufenweise Arbeiten in die Ecke gestellt, einfach so. Weil man immer noch etwas aus ihnen herausholen kann, wenn sie so auf Stand-by sind. Es bleibt die Idee, die Quintessenz. Und wenn ich nur die Erinnerung an sie behielt – ich meine, ohne das reale Objekt vor Augen zu haben –, konnte ich mir ausmalen, was ich daraus hätte machen können, was ich daraus hatte machen wollen und was ich nicht geschafft hatte. Was ich machen wollte, blieb unklar, obwohl man nie etwas anderes macht, als die gleichen Motive zu wiederholen – das macht wohl einen Stil, eine Identität aus.

Ich habe es *Die Geisel* genannt. Geisel eines nächsten Mals, Gefangene meiner Fähigkeit, ihr die Gestalt, den Stoff, die Farben zu geben, die ich ihr zugedacht hatte.

Das sind Nebengleise, die ich nehme, um den Drang nach Gestaltung zu bändigen. Der Drang ist so anfällig. Ich habe es immer so gemacht, zumindest seitdem ich Material bearbeite. Aber mit Gips fühle ich mich nicht wirklich wohl.

Vorher war Eisen mein bevorzugtes Material. Eisen ist das formbarste Material, das es gibt, sobald man einen Schweißbrenner in den Händen hat. Ich fand es toll, den Werkstoff zu verbiegen, seine Seele zu bearbeiten. Ich fand es auch toll, körperlich zu arbeiten, ausstaffiert mit meiner Maske, zu großen Handschuhen und Monteuranzug. Wir arbeiteten zu zweit in einem riesigen, eiskalten Atelier, in dem wir uns kaum bewegen konnten vor lauter Zeug, das wir von unseren nächtlichen Beutezügen mitbrachten. Wir entkernten die Gegenstände und bewahrten nur das auf, was geeignet war, verarbeitet zu werden, Motorenteile, Gartenstühle, Kotflügel, Kochtöpfe, alte Kinderwagen. Wir hatten schließlich so viel Kram angesammelt, dass wir Wege anlegten. Um die Gegenstände zu ordnen, benutzten wir Fleischerhaken und hängten alles, was man aufhängen konnte, an die Decke. Das verschaffte uns etwas Raum. Die Luft roch nach Beize, ein intensiver, stechender Geruch.

Ich liebte besonders die alten Gerätschaften; Spalthämmer, Sägen, Maurerkellen, Spitzhacken, Winzermesser, Zahnräder, aber auch Kugellager, Waschmaschinentrommeln, Boulekugeln, Wasserhähne, Kohlenschaufeln, Kandaren oder altes Geschirr und anderes Zeug waren willkommen. Manchmal kam ein Plastikklecks hinzu, wenn mir die Farbe ins Auge stach. Ich kannte eine Müllhalde irgendwo in der Normandie, für die ich eine Vorliebe hatte, dort verbrachte ich Stunden mit dem Durchsuchen und Zerkleinern des Abfalls, der Reste. Abgesehen von dem Schrott, den ich fand, hatte ich auch Spaß an dieser Archäologie der Gegenwart: Die Schichten überlagerten einander, Epoche für Epoche. Wenn ich bei Objekten aus den fünfziger Jahre angelangt war, hörte ich auf. Ich wusste genau, wie viele Stunden ich damit zugebracht hatte, meine Schätze aufzustöbern. Dort stießen mich die Gerüche gar nicht ab.

Ich brachte viel mehr mit als nur Eisenschrott: Ich fand Briefe, Fotos, Kassenzettel und Bestellscheine. Ich hatte daraus das *Tagebuch einer Unbekannten* gemacht, dessen Einband aus Aluminium war. Dadurch konnte man das Buch unmöglich aufschlagen, sonst hätte man es zerstört: Man konnte es nur einen Spaltbreit öffnen und versuchen zu erkennen, was es enthielt. Aluminium ist ein sehr formbarer Stoff: Die Blätter boten einen weichen, elastischen Widerstand, der dennoch ausreichte, um zu verhindern, dass man ins intime Innere des Buches eindrang. Das Ausschneiden war leicht, das Falten bequem, die Heftung einfach; das war erholsam nach den großen Teilen, mit denen ich mich sonst herumschlug. Trotzdem habe ich mich nie so oft verletzt wie bei dieser Arbeit: Die spitzen Ecken und scharfen Kanten des Materials überraschten mich immer wieder und zerschnitten meine Hände.

Wir hatten einen Flaschenzug für die sperrigen Objekte installiert: Sie schwebten mit der Anmut gezähmter Mammuts durch die Luft. Die Eingebung, was wir daraus machen würden, kam uns oft in diesem Moment, beim Anblick des Objektes über unseren Köpfen. Aus einem alten Grill hatten wir eine Art Schmiede gebastelt; Kotflügel des Citroën DS dienten als Kamin und Streben von früheren Regalen als Füße. Darin entzündeten wir wahre Höllenfeuer.

Ich mochte unser Zusammenspiel – das Schweigen auch. Schwatzen war unmöglich, der mörderische Lärm unserer Hämmer, gemischt mit dem Zischen der Schweißbrenner, und die extreme Genauigkeit unsere Bewegungen, die nötig war, damit wir uns nicht verletzten, ließen es nicht zu. Abends setzten wir uns hin und verarzteten uns gegenseitig: Arnika und Biafine gegen Verbrennungen gehörten ebenso zu unserem Alltag wie das Glas Weißwein, das wir miteinander teilten.

Manchmal bearbeiteten wir zu zweit die richtig großen Teile, der eine mit dem Schweißbrenner, der andere mit dem Hammer, bis wir schweißtriefend, dreckig, stinkend, unsere Bewegungen durch die Anstrengung und die Hitze verlangsamt, die Materie zu bändigen vermochten. So entstanden Vögel, Prediger, zarte Windspiele, geflügelte Pferde, Gesichter, die mal grässlich, mal überirdisch waren. Hanteln wurden zu Brüsten, Ventilatorblätter zu Köpfen, Kuhglocken zu Geschlechtsteilen, Sensenblätter zu Armen.

Er war der einzige Mann, der nicht darüber staunte, dass ich trotz meiner zierlichen, zarten Kleinmädchengestalt einen Amboss oder Mahlstein bewegen konnte. Er war der einzige, der mich als menschliches Wesen betrachtete und nicht als schwaches Weib, das gerade zum Staubwischen im Haus und zum Aufziehen der Kinder taugt.

Ich glaube, wir haben niemals über uns gesprochen, unsere Leben waren gegeneinander abgedichtet. Dennoch verband uns eine unglaubliche Intimität, wir errieten, was der andere machte und wohin er gerade ging, wie bei einem Ehepaar, wo der eine einen Satz anfängt und der andere ihn beendet, ohne dass sie auch nur einen Blick austauschen. Als ich fortgegangen bin, haben wir uns die Hand gedrückt. Ich weiß noch über ihn Bescheid, ich verfolge seine Ausstellungen, ich sehe, wie sich seine Arbeit entwickelt: Sein Weg folgt immer noch der gleichen Spur, aber seine Geschöpfe haben sich immer mehr verfeinert, werden immer realer, als würde er zur Quintessenz dessen gelangen, woran er arbeitet.

Ich durchlebte damals eine glückliche Periode, rausgeputzt auf den Vernissagen, dreckig bei der Arbeit. Letztendlich ist es heute das Gleiche, zwischen meiner Arbeit bei Madame und der in der Bar. Nichts hat sich wirklich geändert. Ändert sich überhaupt etwas im Verlauf der wenigen Lebensjahrzehnte, die uns vergönnt sind?

Über meine Vergangenheit sprechen meine Hände. Hände, die greifen, die tasten, wringen, pressen. Breite, harte Hände mit kurzen, eckig geschnittenen Nägeln, harte Hände, die auf das Material einschlagen, es verformen. Hände, die auch streicheln, streifen, berühren und liebkosen können. Hände, die beten und den goldenen Schnitt ausrechnen.

Sie passen nicht zu meinem Körper. Als wären diese Arbeitshände nicht meine ursprünglichen Hände.

Das Telefon reißt mich aus meinen Wanderungen durch die Vergangenheit – ich hätte immer weiterträumen können. Ich zucke zusammen: Mein Telefon klingelt nie. Madame Léger möchte, dass ich am Mittwochvormittag auf ihren Sohn aufpasse, mit ihm ins Kino gehe »oder irgend so was«, weil sie niemanden hat, der sich um ihn kümmern könnte, und sie ihn nicht zu Hause auf der Baustelle lassen möchte.

»Er hat selbst vorgeschlagen, dass ich Sie frage. Er sagt, sein Zimmer sei immer aufgeräumt und Sie hätten sich gut um seinen Fisch gekümmert, bevor er verschwunden ist, darüber hat er sich gefreut. Wenn es Ihnen passt, spreche ich noch einmal mit ihm darüber, was Sie unternehmen könnten. Um halb neun, geht das?«

J… Jajaja. Ich kann nicht mal ordentlich sprechen.

Das Erste, was mir in den Sinn kommt, ist »*Puta madre!*«. Ich hatte keine Stimme mehr, oder jedenfalls keine Worte. So ein Fluch ist in einer Sprache, die mir auch fremd ist, hoffentlich weniger ordinär.

Er heißt Bastien. Kleine Rochade heißt Bastien. Das blonde Kind.

Ob die Mutter wohl weiß, wovon ich absolut überzeugt bin, dass Kleine Rochade dem Kater absichtlich seinen Fisch gegeben hat? Ich frage mich, warum Mütter solche Handlungen ihrer Kinder niemals erahnen. Dem Kater beim Fressen eines Fisches zuzusehen muss für einen Bengel besonders amüsant sein. In *Les Malheurs de Sophie* hat die Kleine die Fische lebendig aufgeschnitten und gesalzen, wenn ich mich recht erinnere.

Die Phantasie von Kindern ist grenzenlos. Mein Horizont ist ebenfalls zu weit.

Jetzt kommt er mich suchen. Er hat den Wunsch, mich zu sehen. Ganz sicher hat ihn der Amethyst, den er nie erwähnt, mit einem Faden an mich gebunden, unsichtbar, aber gespannt wie die Saite einer Geige. Ich spürte es geradezu körperlich. Ich hatte unbändige Lust, seine Wange, diese zarte und glatte Haut, in meiner Hand zu spüren.

Los geht's. Fertig werden mit Saubermachen, Schränke aufräumen, Staub wischen, Fenster putzen, abwaschen, Blumen kaufen. Danach finde ich etwas anderes, wenn es nötig ist. Ihn mitnehmen. Wohin mitnehmen? Ich stürze zum Computer. »Kinder + Mittwoch«. Das Museum im Grünen, Die Stadt der Wissenschaften, der …

Quatsch! Er soll sagen, wozu er Lust hat, wo er hingehen will.

Ich habe alle Schränke ausgeräumt. Ich sortiere zuerst die schwarzen Pullis, lege sie so zusammen, dass der Stapel perfekt wird; wenn etwas vorguckt, nehme ich es auseinander und lege es neu zusammen. Ich sortiere nach Farben, von dunkel nach hell, in perfekten Stapeln. Für das Auge ist das eine Freude, aber es behagt mir nicht: Es ist wirklich besser, effizient zu sein und die Sachen, die ich öfter trage, zuoberst auf den Stapel zu legen. Das stellt mich vor ein anderes Problem: Wenn ich nie zu den Sachen komme, die ich selten trage, werde ich sie niemals tragen. Ich muss nach Anlässen sortieren, weil bestimmte Kleidungsstücke, die ich nicht oft trage, für besondere Anlässe nützlich sein könnten. Nur dass es in meinem Leben niemals besondere Anlässe gibt.

Doch. Jetzt gibt es einen. Es ist eine merkwürdige Erschütterung, festzustellen, wie sehr sich mein Leben verändert hat, seitdem Kleine Rochade hineingeraten ist. Noch ist Zeit, anzurufen und zu sagen: »Nein, es passt mir nicht, ich kann Ihr Kind nicht hüten, tut mir leid.« Ich würde vielleicht meine Arbeit verlieren, aber es wäre Schluss mit Kleine Rochade, ich hätte ihn aus meinem Leben verbannt. Und ich könnte weiter so leben wie früher, mit dem Gesicht zur Wand.

Noch ist Zeit.

Noch ist Zeit, um die Zukunft anders zu erfinden. Ich könnte zum Beispiel ganz einfach Adoptivgroßmutter werden. Hat das Kind Großeltern? Vielleicht könnte ich eine Tante oder Patentante werden? Werde ich es schaffen, meinen Hunger zu verbergen, ihn zu besitzen? Dieses »Ihr Kind« quält mich.

Ich gehe die Veränderungen durch: Jeff, *Die Geisel*, die ich in die Ecke gestellt habe, sie auch mit dem Gesicht zur Wand, das wieder eingerichtete Atelier, vor allem das Ende des Schweigens, mit Jeff. Jeff, mit dem ich gesprochen habe wie vorher, als ich noch sprach, Jeff, der mich niemals wortkarg gekannt hatte und der es normal fand, dass ich sprach. Mir fällt auf, dass ich es auch normal fand.

Das Gleichmaß meiner Gewohnheiten ist durcheinandergeraten – könnte ich noch umkehren, all diese kaum geöffneten Türen wieder schließen?

Er, das echte Kind, verlangt nach mir. Er, mit dem ich ein Geheimnis teile, das seine Mutter nicht kennt.

Ich könnte weiter meinen banalen Vergnügungen nachgehen. Und zu der gesegneten Stille zurückkehren, die nur von Zeit zu Zeit durch den Besuch von Graf mit seinem Flachmann gestört wurde.

Ich kann mich nicht konzentrieren, ich habe das Gefühl, dass meine Gedanken verschwinden, bevor ich sie festhalten kann, dass sie entstehen, ohne sich zurückdrängen zu lassen, völlig durcheinander. Ist denn Stille für mich denkbar, wenn ich in meinem Geist keine Stille mehr erreichen kann?

Das geht vorüber, ich werde beschließen, dass es vorübergeht. Ich werde mich auf praktische Aufgaben konzentrieren, die mir keine Muße gönnen, den Gedanken freien Lauf zu lassen. Ich spüre, wie mich die Panik packt – und wenn ich es nicht schaffe?

Meine Skelette, die ich so sorgfältig in den Wandschränken meiner Erinnerung verstaut hatte, sind dabei, Einzug in die Welt zu halten. Ich habe das Gefühl, dass vor meinen Augen eine surrealistische Rallye, ein Ball alter, schlampiger Debütantinnen abläuft.

Graf hat gesagt, er werde vorbeikommen, und er kommt. Das wird mich ablenken.

Der Anblick seiner hohen, in einen langen, nassen

Mantel gezwängten Gestalt freut mich, freut mich völlig übertrieben.

»Tee?«

»Nein, meine Liebe, ich habe eine Flasche Laphroaig mitgebracht. Trinkst du einen Schluck mit mir?«

Also zwei Gläser. Und diese verflixte Büchermontage thront immer noch auf dem Sockel, fällt immer mehr ins Auge, weil das Atelier nahezu leer ist. Es gibt nicht einmal mehr Bücher, um die Gläser abzustellen. Das ärgert mich, ich habe all meine Bezugspunkte verloren. Und der Blick von Graf, der in seinem grauen Anzug mit seiner schrägen Eleganz unbeweglich dasteht, bringt mich noch mehr aus dem Konzept.

»Ich habe die Reise nach Zürich storniert, aber ich brauche dich trotzdem«, sagt er.

»Erzähl!«

»Ich habe ein Bild, das ein Greuze sein könnte, aber kein Zertifikat hat. Ich dachte, du wärst vielleicht bereit, es zu übermalen.

»Hmm.« Ich habe sofort verstanden, was er vorhat. Er wird jemandem das Bild zeigen, dann wird er es übermalen lassen, um es als Schinken ohne Wert auszugeben. Dabei muss er nur dafür sorgen, dass dieser Jemand das Übertünchen mitbekommt. Der Zeuge wird von selbst darauf kommen, dass das echte Bild in betrügerischer Absicht übermalt worden ist.

Schließlich wird Graf den Schinken exportieren und sich darauf verlassen, dass sein Zeuge ihn beim Zoll angezeigt hat. Dort wird das Bild zurückgehalten und gereinigt werden. Man wird unter der Übermalung das echte Gemälde entdecken, und alle werden denken, dass es sich um ein wertvolles Bild handelt, einen echten Greuze. Der offizielle Greuze-Experte wird dem nun entstehenden Mediendruck nicht standhalten und sich verpflichtet fühlen, ein Echtheitszertifikat auszustellen.

Mich stört nur, dass dieser Jemand wohl zuschauen muss, während das Bild übermalt wird. Wenn ich das mache, kann das nur bei mir zu Hause sein.

»Ich dachte an Jeandeau«, sagt Graf.

Auch das noch. Ein Experte, der die Bilder des 18. Jahrhunderts nicht besonders gut kennt – Jeandeau ist Experte für die Malerei der vierziger und fünfziger Jahre. Da wird die Anzeige sicher Gewicht haben.

»Ich habe ihm das Bild gezeigt, ohne ihm zu sagen, dass es kein Zertifikat hat. Er fand es wunderbar. Er muss hier vorbeikommen, während du daran arbeitest, aber das Bild darf nicht wirklich sichtbar sein. Wir stellen es auf eine Staffelei mit deinen Paletten ringsherum, es wird verhangen sein, sodass zum Beispiel nur eine Ecke sichtbar bleibt. Ich werde ihm sagen, dass ich ihm einen kleinen Manessier und einen Chaissac zeigen möchte. Sie sind nicht sehr wertvoll, da wird er nicht misstrauisch. Sie sind aber interessant genug, um ihn herzulocken. Der Greuze interessiert ihn, auch wenn er nicht aus seiner bevorzugten Epoche stammt – niemand verachtet den Kauf eines solchen Gemäldes. Er wird es wiedererkennen, da bin ich mir sicher. Was hältst du davon, meine Liebe?«

Ich habe ihn lange nicht so viel reden hören. Seine Stimme ist etwas verschlossen, tief und ein wenig kratzig. Er spricht langsam. Ich habe seine Stimmlage immer sehr gemocht, vielleicht war das sogar der Grund, weshalb ich ihn weiter getroffen habe. Und auch wegen seines kurzen Lachens, das an ein unterdrücktes Niesen erinnert, als genierte er sich.

Er hat an alles gedacht. Ich bin sicher, dass seine Falle zuschnappen wird. Jeandeau wird den Manessier und den Chaissac anschauen, wird seinen Blick durch das Atelier schweifen lassen und einen Teil des Bildes sehen, das ich gerade übermale, wird an der freigelegten Ecke den Greuze erkennen und nicht vermuten, dass alles ein abgekartetes Spiel ist. Sobald er das Atelier verlassen hat, wird er Graf anzeigen, in der Annahme, dass der es als Gemälde ohne Wert exportieren will, um den Zoll zu umgehen.

Jeandeau wird in die Falle tappen, das ist so gut wie sicher. Bravo!

In der Tat könnte ein Gemälde dieses Wertes beim Zoll sehr teuer werden, und vor allem würde die Ausfuhr aus Frankreich nach dem Gesetz zum Schutz des Kulturerbes niemals genehmigt werden. Und Jeandeau würde sich die Hände reiben, wenn Graf zahlen müsste.

Dieser Jeandeau ist ein bisschen blöd, ein bisschen zu naiv für einen so durchtriebenen Kerl wie Graf. Graf möchte ja gerade, dass die Zöllner ihn verhaften. Dass sie die Farbschicht abkratzen lassen und dass man einen Greuze entdeckt. Er wird wegen versuchten Betrugs eine Strafe zahlen müssen, sicher, aber er wird vor allem der glückliche Besitzer eines echten Greuze werden, den er dann für ein Vermögen an ein Museum in Frankreich verkaufen kann. Keiner wird mehr an der Echtheit des Bildes zweifeln. Keiner kann sich vorstellen, dass man einen

Schinken wie den, den ich auf das Originalbild geschmiert habe, über die Grenze schmuggeln will. Allen wird klar sein, dass Graf versucht hat, das Kulturministerium und den Zoll zu täuschen: Das Gemälde wird beschlagnahmt werden, die Nachricht wird im Milieu die Runde machen, und die Einkäufer der Museen werden herbeieilen.

Graf wird nicht einmal die Zollgebühren zahlen müssen, weil das Gemälde die Grenze niemals überqueren wird. Weil er seinen Greuze in Frankreich verkaufen wird, mit Zertifikat … Und die Summe, die er dann herausschlägt, wird so gigantisch sein, dass die Strafe im Vergleich dazu lächerlich ist. Seinen Ruf wird es gründlich aufpolieren: Den Zoll hinters Licht führen ist ein sehr beliebter Sport. Jeandeaus Ruf hingegen könnte aus dieser Angelegenheit sehr angeschlagen hervorgehen, falls seine Denunziation ruchbar wird. Und dafür wird Graf schon sorgen … und zwei Fliegen mit einer Klappe schlagen.

»Wie viel?«

»Fünfzehn Prozent vom Verkaufspreis.«

Hmm, ein hübsches Sümmchen. Was soll's, wenn die Reise nach Zürich ins Wasser fällt. Ich kann mir dann Reisen leisten, so viele ich will. Wahrscheinlich sogar ein paar Weltumrundungen, wenn ich Lust hätte … Das verspricht eine Veränderung, noch eine: Ich werde aufhören, ein kärgliches Leben zu führen. Obwohl es bisher völlig in Ordnung war, von meinem Einkommen zu leben, so wenig, wie ich ausgebe.

»Ich überlege es mir. Wann willst du es machen?«

»In drei Wochen – oder einem Monat, passt dir das? Ich brauche Zeit, um alles vorzubereiten.«

»Gut.«

»Gehst du mit mir essen?«

Essen. Auswärts. Gut, noch ein Mal.

»Warte bitte. Ich ziehe mich um.« Nur etwas Zeit gewinnen. Ein Glück, dass ich meine Sachen sortiert habe, so finde ich schnell das Richtige: einen herrlichen langen Wickelrock, violett mit großen Blumen in blassen Farben, passend zu einem schwarzen Pulli und Stiefeletten. Ein Spenzer aus Leder macht die fließende Silhouette perfekt.

Ich war schon lange nicht mehr in einem Restaurant. Ich habe mich an die Sandwichs in der Bar gewöhnt. Aber die Idee gefällt mir. Ich bin sicher, dass er versuchen wird, mich zum Lachen zu bringen, dass er mir den neuesten Tratsch aus einer Welt erzählen wird, die ich nicht mehr kenne.

»Wohin bringst du mich?«

»Zum Carré des Vosges, meine Liebe. Sie haben eine Orangen-Ente, die haut dich um.«

Wir haben ein Taxi genommen und wunderbar gegessen. Graf verhielt sich genau wie der eloquente und lustige Gastgeber, den ich erwartet hatte, ich brauchte nicht zu reden.

Allein der Duft unserer Gerichte war ein Hochgenuss.

Die Raffiniertheit von Grafs Plan ist genial, er veranschaulicht die Fehlbarkeit des künstlerischen Urteils. Ob ein Gemälde authentisch ist oder nicht, hängt von den Umständen ab, unter denen es zertifiziert wird, und ist unabhängig von seinem tatsächlichen Wert. Kunstmarkt und Künstler stimmen nur selten überein: Andy Warhol hat zwar versucht, den Begriff der Zuschreibung durch sein Siebdruckverfahren zu sprengen, aber sein Einfluss war nur von kurzer Dauer. Grafs Humor wird uns wahnsinnige Summen einbringen. Und ich kann Humor nicht widerstehen.

Zu Hause nehme ich mir ein Buch, um meinen Geist zu beschäftigen, bis ich zur Arbeit muss. Kleine Rochade, das ist bald. Ich habe beschlossen hinzugehen. Ich möchte vorher nicht daran denken. Lesen, als ob mein Heil in den Worten der anderen steckte.

In der Bar geht es heute Abend lebhaft zu. Ein Geburtstag wird gefeiert, und ich muss Berge von kleinen Kanapees und Überraschungshäppchen zubereiten. Wenn der Saal für eine Feier gemietet ist, herrscht dort eine vollkommen andere Atmosphäre. Die Leute kennen sich alle, sie sind fröhlich, unterhalten sich, singen und sind entspannt.

Manchmal weint eine Frau gegen Ende des Abends, sie weint um ihre verlorene Liebe oder enttäuschte Träume.

Heute Abend trägt die Tragödin ein dunkelgrünes Kleid, ein überwältigendes Kleid, wahrscheinlich aus den zwanziger Jahren, aus schillerndem Plüsch und Samt, eng tailliert, dazu einen kleinen Bolero, der die Schlankheit der jungen Frau betont. Blond, hochgewachsen, mit prächtig gewölbten Augenbrauen; sie gehört zu den wenigen erwachsenen Frauen, die eine Hüfthose tragen könnten, ohne lächerlich zu wirken. Sie ist wohl um die vierzig und steht vor der ersten Scheidung: Ihr Leben ist zerstört. Sie ist schön. Die Stirn an die Scheibe gedrückt wie ein Kind, das sich langweilt, schaut sie in den schwarzen Abgrund hinter dem Fenster. Und sie lässt ununterbrochen sanfte Tränen fließen, ohne ein einziges Schluchzen. Ihr Gesicht rührt sich fast nicht, ist nicht vom Schmerz entstellt. Nur die Tränen fließen. Es ist ein Kummer jenseits des Leids, als wäre das Leid fortgegangen, als beweinte sie die Leere, die die Verzweiflung zurückgelassen hat.

Ihr Kummer umgibt sie mit einer Barriere, niemand geht zu ihr, niemand versucht sie zu trösten. Dabei schauen die Leute sie an: Ihre Erscheinung, ihre Haltung, ihr Haar, alles an ihr ist … würdevoll? Mit dieser Schönheit eines Filmstars sieht sie aus, als käme sie aus einer anderen Zeit. Der Kummer einer Frau.

Vielleicht ist es das, was man meint, wenn man sagt: »Wein ruhig, das wird dir guttun.« Vielleicht tut sie sich gerade gut. Ich frage mich trotzdem, warum niemand sie in die Arme nimmt und ihr das sagt.

Ich habe keine Lust, nach Hause zu gehen. Ich werde immer langsamer beim Stapeln der kleinen Sandwichs. Es gibt so gut wie keine Mitternachtsvorstellungen mehr im Kino, wochentags hat man keine Chance, eine zu finden. Und ich habe nichts mehr zu lesen.

Ein seltsames Gefühl ist das, wenn man sich nirgends zu Hause fühlt. Ich denke, es ist zunächst eine Fremdheit vor sich selbst. Mir bleibt nichts weiter übrig, als zu arbeiten.

Schließlich habe ich mir zu Hause einen Film angesehen, dann bin ich herumgetigert. Es lagen noch ein paar Sachen herum, aber nichts zum Aufräumen, kein Gegenstand, den ich woanders hätte unterbringen können.

Endlich kommt der Mittwoch. Am Vorabend habe ich sorgfältig ausgesucht, was ich anziehen werde – Jeans, Pullover, nicht zu flache Schuhe. Bequem. Ich komme mir vor wie ein Kind, das auf den Weihnachtsmann wartet. Lächerlich.

Ich gehe mit festem Schritt, klingle. Kleine Rochade macht mir auf.

»Du bist Topolina. Warte, ich sage Maman, dass du da bist.« Er flitzt los.

Der Mann von Madame Léger ist endgültig ausgezogen, sie ist jetzt allein mit den beiden Kindern. Ihre große Tochter ist vormittags in der Schule, wird sich aber nachmittags um ihn kümmern. Sie wird ihr Leben anders organisieren, ob ich wohl seltener kommen könnte, aber dafür mittwochs?

Ja, das ist für mich kein Problem.

Effektiv und diskret, das Dienstmädchen, sage ich mir.

Wir sind allein. Keine besonderen Anweisungen, wir müssen improvisieren. Er hat sich hingesetzt, wippt auf dem Stuhl und klatscht sich mit den Händen auf die Knie.

»Was machen wir?«

»Erzählst du mir von deinem Fisch?« Ich suche nach einem Einstieg, einer Verbindung zwischen uns. Er macht mit.

»Mein Kater ist nicht dicker geworden. Ich dachte, man würde es sehen.«

Meine Frage war blöd. Was hatte ich denn erwartet? Dass er mir geradeheraus erzählt, dass er dem Kater seinen Fisch zum Naschen gegeben hat? Er sieht mich mit großen unschuldigen Augen an und wartet lauernd auf meine Reaktion.

»Ich weiß nicht. Ich hatte noch nie einen Kater, der einen Fisch gefressen hat.«

»Ich habe genau hingeschaut, weißt du, er ist nicht dicker geworden. Als er den Fisch gefressen hat …«

Er unterbricht sich. Jetzt haben wir's. Ich sage kein Wort. Provokation? Wahrscheinlich. Oder ich irre mich gänzlich, aber mal ehrlich, wenn er gesehen hat, wie der Kater den Fisch verschluckt hat …

»Wie hat er denn den Fisch gefressen?«

Er schaut mich intensiv an, ohne ein Wort. Dann sagt er:

»Er hat ihn mit der Pfote gepackt. Ich habe es erst gesehen, als der Fisch schon aus dem Glas raus war. Er hat ihn ins Maul genommen, geschüttelt und dann gefressen. In meiner Zeitung steht, das heißt Nahrungskette.«

Schau an.

»Und du, was glaubst du?«

»Dass es passiert ist.«

»In der Tat, es ist passiert. Was wollen wir machen?

Hast du einen Vorschlag, oder vertraust du mir, wenn wir irgendwohin gehen?«

»Du sollst entscheiden.«

»Dann zieh deinen Mantel an. Los geht's.«

Ich habe ihn berührt. Ich habe ihn bei der Hand gefasst.

Wir gehen zu einer Ausstellung von Jean Tinguely, die ich ausfindig gemacht habe. Die lustigen Höllenmaschinen, die Rotozazas, die Bälle werfen und schlucken, faszinieren ihn. Nachdem er eine Stunde lang die von der Maschine ausgespuckten Bälle aufgesammelt hat und um sie herumgegangen ist, um sie wieder reinzuwerfen, erinnert er sich endlich an mich. Er ist genauso entfesselt wie die Maschine und fragt mich mit glücklichem Lächeln:

»Wofür ist das gut?«

»Hast du doch gesehen, um Bälle auszuwerfen. Und um dich zu beschäftigen. Die Maschine will gefüttert werden.«

»Aber das ist zum Spielen.«

»Für dich ist es ein Spiel, zu rennen, um die Maschine zu füttern.«

»Ist es wirklich nur dazu da? Ich meine, nützt es denn zu gar nichts?«

»Nur dazu. Eine Maschine zum Spielen. Und vielleicht auch zum Spaßhaben.«

»Da hat einer eine Maschine zum Ballspielen gebaut?«

Offensichtlich öffnen sich ihm gerade neue Horizonte. Nachdenklich kehrt er zur Maschine zurück. Abgesehen davon, dass er sich fragen wird, wer wohl dafür bezahlt werden kann, eine Maschine zu füttern, die Bälle spuckt, kommt es ihm unglaublich vor, dass es eine Arbeit ist, eine Maschine herzustellen, die nur zum Spielen da ist.

»Ganz schön kompliziert! Und die alten Dinger da, das ist ein Werkzeug, ein Schlüssel, das da ist zum Kochen, und das ist ein Fahrradreifen!«

»Ja, das sind Gegenstände, die früher ein anderes Leben gehabt haben.«

Die Maschine reibt, knittert, knirscht, hämmert, kracht, klingelt, quietscht, kreischt und bläst so laut, dass man einander kaum hört. Kleine Rochade fragt:

»Gibt es auch Maschinen, die etwas anderes machen?«

»Ja. Zum Beispiel eine, die allein zeichnet, oder eine andere, die Teller zerschlägt.«

»Die allein zeichnet!«

Das wurde zu schwierig. Eine Maschine zum Ballspielen, das ging noch, aber eine Maschine zum Tellerzerschlagen stellte ihn vor ein echtes Problem. Und eine Maschine, die allein zeichnet – da merkte ich, dass seine Vorstellungskraft an eine Grenze stieß.

Mir kam es so vor, als würde sein Gehirn wie eine der Tinguely-Skulpturen funktionieren, man hörte förmlich das Getriebe.

»Das sind Zeichnungen, die irgendeinen Zweck haben«, erklärte er.

»Nein, die Zeichnungen der Maschine haben keinen Zweck.«

Ich musste etwas weiter gehen. Ich konnte ihn nicht mit so vielen Fragen allein lassen, so verwirrt von Gedanken, die ihm seltsam vorkamen. Ich legte ihm den Arm um die Schulter, meine Hand ruhte auf dieser Rundung und war das Zentrum all meines Fühlens. Ich hatte Mühe, sie locker zu lassen, nicht seinen ganzen Körper an mich zu pressen.

»Weißt du, vielleicht soll das Freiheit ausdrücken. Vielleicht soll es ausdrücken, dass nichts unmöglich ist – wenn du Lust hast, etwas zu machen, hast du die Freiheit, es zu tun. Es ist schwierig, weil du ein Kind bist, aber du weißt doch, dass du die Freiheit hast, zu zeichnen, was du willst. Das ist das Gleiche.«

Er dreht sich zu mir um, schaut mich an. In seinem Blick ist etwas anderes, anders als das, was ich schon darin kannte: eine gewisse Abwesenheit.

Noch eine halbe Stunde lief er um die Rotozaza herum, fragte mich aus und lachte, als er ihren Namen hörte, wiederholte ihn und ließ ihn sich genüsslich auf der Zunge zergehen, fasste sie an und versuchte zu sehen, was in ihr drin war.

»Was ist denn da drinnen?«

»Ich weiß es nicht. Vielleicht das Gleiche wie draußen.«

»Und das ist auch zu nichts gut, wenn man es nicht mal sieht. Das ist noch unnützer.«

Die Bälle waren also vielleicht doch zu was gut. Und die Maschinen, die sie warfen, auch.

Wir gingen los, seine Hand in der meinen. Er schwieg. Dann fragte er mich:

»Ist es ihre Aufgabe, Sachen zu machen, die nichts nützen?«

»Ja.«

Dann dachte er an etwas anderes und schnatterte, erzählte alles Mögliche und fragte schließlich:

»Kommst du wieder?«

Ja.

»Nimmst du mich dann mit zu dir?«

Ja.

Mit leerem Kopf machte ich mich auf den Heimweg; ich hatte keine Lust, zu denken. Später.

Ich holte mir vom Bäcker eine Apfeltasche.

»Dazu gehört ein Kaffee, meine Liebe«, sagte Graf, der mich vor meiner Tür erwartete.

»Einverstanden, aber draußen.«

Wir ließen uns, eingemummt in unsere Mäntel, auf einer Terrasse nieder. Ein Sonnenstrahl streifte meine Wange.

Graf zündet sich eine Boyard an und nimmt genüsslich einen tiefen Zug. Als würde das Rauchverbot in öffentlichen Räumen sein Glücksgefühl verstärken; ich bin begeistert, jedes Glücksgefühl ist willkommen, und Graf wie einen Kater schnurren zu sehen ist an sich schon eine Wohltat.

»Arbeitest du auch mittwochs?«

»Ja, eine neue Arbeit.«

»Gefällt sie dir?«

»Sie gefällt mir. Ich betreue ein Kind.«

»So. Ein kleines?«

»Ja. Nicht *so* klein. Neun oder zehn.«

Kleine Rochade ist älter, als ich dachte. Es wäre mir lieber gewesen, er hätte das Alter, das ich angenommen hatte, sieben, höchstens acht Jahre. Seine Eigenständigkeit verletzt mich, obwohl er einverstanden war, an meiner Hand zu gehen. Ich hatte ihm vorher gesagt, dass ich ihn nur mitnehme, wenn er mich anfasst, und er hatte nicht gemurrt.

»Neun oder zehn …«, sagt Graf langsam.

Er reißt mich aus meinen Gedanken. Ich spüre seinen Blick auf mir, als würde sich eine Schraube in meinen Hals bohren. Das regt mich auf. Meine Gedanken nehmen ohnehin ihren Lauf. Ich werde sie schon einholen. Und ich weiß genau, was Graf sagen will, woran er denkt, aber es kommt nicht in Frage, dass ich ihm folge.

»Ja, er ist nicht mehr ganz klein. Es ist interessant, wie er auf seine Umwelt reagiert.«

»Was habt ihr denn gemacht?«

»Ich habe ihn zur Rotozaza geführt.«

»… und er hat begeistert Ball gespielt.«

»Genau.«

Er lehnt sich zurück, und ich merke, dass er mich immer noch beobachtet. Ich drehe mich nicht zu ihm um, aber ich sehe genau vor mir, wie mich sein Blick mit leicht zusammengekniffenen Augen durchdringt. Ich weiß, wie er mich anschaut. Ich könnte ihn malen. Eine Rötelzeichnung. Ich würde seine entspannte Haltung zeichnen, den in der Taille geknoteten Mantel, die Zipfel, die auf beiden Seiten am Stuhl herunterhängen, über dem Knie gestrafft die Bügelfalte seiner Hose, die die schwarzen Socken in feinen schwarzen Schnürschuhen ein wenig hervorschauen lässt. Das Hemd folgt den Falten seines Bauches, und die ewige Schnur um seinen Hals folgt der Haltung des entspannten Körpers und fällt schräg auf seine Brust. Seinen Kopf hingegen hält er immer sehr gerade, selbst wenn er sich leicht zur Seite neigt.

Ich spüre, dass er sich entspannt: Sein Stuhl knarrt. Ich kenne seinen Blick: Er ist nach innen gekehrt, weit weg. Er ist weit weg von dem, was ihn umgibt.

Das ist perfekt für ein Modell. Genau das mag ich besonders an ihm, diese Fähigkeit, sich allem zu entziehen, was nicht er ist, allem, was außerhalb seiner Gedanken ist. Was sein Körper über ihn aussagt, so entspannt, dass er einer großen Raubkatze ähnelt, das verleiht dem Wort »Unabhängigkeit« seinen vollen Sinn. Wenn er wieder anfängt zu sprechen, hat sein Geist viele Werst in der Pampa zurückgelegt, ist durch die verdörrte und trostlose Wüste Gobi galoppiert, die einen Großteil seiner Wörter verschlungen hat. Es ist eine amüsante Übung, schweigend dem Weg seiner Gedanken zu folgen. Ich warte auf den Moment, wo er mit leerem Blick das Gespräch fortsetzen wird.

»Hast du gearbeitet?«

Er ist darauf bedacht, mich nicht zu überfallen. Er wechselt das Gesprächsthema, dabei ist der Faden, der dahin geführt hat, noch da. Komplexer, als es den Anschein hat. Er geht schnell voran, der Kerl. Ich antworte nicht. Ich rühre mich nicht. Ich könnte jetzt seinen Blick auf die etwas hängende Wölbung meiner zu drei viertel von ihm abgewandten Wange zeichnen. In Gedanken zeichne ich immer präziser, bis hin zur Ausschaltung meines Bewusstseins, um nur noch eine Hand zu sein, die ihren Stift führt.

»Hast du gearbeitet?«, fragt er noch mal.

»Ich arbeite.«

»Gips?«

Kindermädchen. Ja. Gips. Man müsste …

»Hast du Zeit?«, frage ich ihn.

»Ja.«

»Ich bräuchte deine Hilfe.«

»Für?«

»Eben für eine Arbeit.«

»Jetzt?«

»Ja.«

»Dann los, meine Liebe.«

Wir gehen zurück zum Atelier. Die Luft ist mild und feucht. Ich fühle mich leicht.

»Kannst du ein bisschen warten, ich muss die Mischung vorbereiten. Willst du einen Tee?«

»Nein, bereite du vor, gib mir nur Gläser, damit ich uns etwas eingieße«, sagt er und holt seinen Flachmann heraus.

Ich goss den Tapetenkleister in eine Schüssel mit Wasser, damit er quellen konnte, dann bearbeitete ich den Gips. Ich breitete Zeitungen auf der Erde aus und zog mich um. Eng anliegendes altes T-Shirt und Leggings.

Als ich wiederkam, stand er vor dem gepixelten Porträt von Kleine Rochade und rauchte lässig eine Zigarette, den Kopf in den Nacken geworfen, als suchte er Abstand, um das Bildnis in seiner Gänze zu erfassen. Er drehte sich um, sein Blick glitt über mich hinweg, dann ging er in die Küche, um einen Aschenbecher zu holen.

Ich gab ihm ein Paar Handschuhe und einen alten Kittel, setzte mich mitten auf die Zeitungen und fuhr fort, meine Mischung aus Gips, Wasser und Milch durchzukneten. Während er uns etwas eingoss, fügte ich den Kleister hinzu. Dann steckte ich meine Haare mit einer breiten Spange hoch.

»Würdest du mir den Rücken einschmieren? Fang bitte mit den Schultern an, dann beuge ich mich nach vorn, und du machst den unteren Rücken bis zum Hintern. Wenn du bei den Hüften angekommen bist, musst du mir sagen, in welcher Haltung die Grübchen am deutlichsten zu sehen sind. Du musst auch noch unter den Armen weitermachen, um die Verbindung zur Vorderseite der Büste herzustellen, da, und sogar ein bisschen darüber hinaus, damit ich für den Anschluss etwas Reserve habe. Wenn du an das untere Ende des Rückens kommst, beuge ich mich vor, damit das Rückgrat hervortritt und du auch den Poansatz einschmieren kannst.«

»Wie lange dauert das Trocknen?«

»Es muss nicht ganz trocken sein. Wenn sich die Struktur als solche verfestigt hat, schneiden wir die Kleidungsstücke auf, und du hilfst mir, das Ganze abzunehmen. Wir legen es dort auf den dicken Ball, den wir irgendwie einklemmen. Er ist weich genug.«

»Sehr schick, dein Nylonkittel, meine Liebe!«, sagte er lachend. »Soll ich ihn wirklich überziehen?«

»Ich weiß nicht. Gipsspritzer machen oft hübsche Muster. Wie du willst.«

Er zog den Kittel über und machte sich an die Arbeit, schmierte sorgfältig meinen Rücken ein, ich gab ihm Anweisungen, wie dick die Schichten sein müssten und wie er mit dem Handballen arbeiten solle, um zu glätten und keine Stelle zu dünn zu lassen, erklärte ihm, dass er mit kleinen Pausen Schicht für Schicht auftragen solle.

»Vielleicht hätte ich schnelltrocknenden Zement nehmen sollen. Das wird lange dauern.«

Er lachte. »Meine Zeit gehört heute dir, meine Liebe.«

Ich stellte mich so hin, dass meine Rundungen, also meine Wülste um die Taille herum, gut zur Geltung kamen. Eigentlich sind es keine Wülste, eher die Hautfalten einer Mageren. Gleichzeitig musste ich ein Hohlkreuz machen. Eine anspruchsvolle Übung.

»Ich hole dir einen Hocker, damit du die Arme ablegen kannst.«

»Nein, dann treten die Schulterblätter hervor.«

»Wir werden dich so installieren, dass du die Ellbogen aufstützen kannst.«

»Nimm Bücher.«

Er lachte, sein kleines kurzes Lachen, das ein bisschen wie ein Kläffen klingt.

»Bücher sind wirklich praktisch, meine Liebe! Darf ich Musik anmachen?«

»Ja, wenn du willst, mache ich sie an. Keine Sorge, wir haben noch nicht so viel Gips drauf, dass ein paar Bewegungen deine Arbeit gefährden könnten. Bringst du mir meinen Computer mit den kleinen Boxen?«

Er stellte den Laptop vor mich auf einen Bücherstapel und holte noch mehr Bücher, um die Stütze für meine Ellbogen zu organisieren. Ich wählte *Kind of Blue* von Miles Davis und einige andere Jazzalben, Blossom Dearie, Helen Merrill, Albert Ayler, Charlie Mingus und Christophe, diesen Dandy, der zu einer ausgeklügelten Melodie »*Elle dit, elle dit* …« singt, und ein paar Klavierstücke von Yuja Wang. Dann stellte ich auf Zufallswiedergabe. Ich mag es, nicht zu wissen, welches Stück als nächstes kommt. Das ist wie Radio hören.

Nachdem wir mich bequem gebettet hatten, nahm Graf seine Arbeit wieder auf, schmierte mich sorgfältig, wortlos, ohne eine überflüssige Bewegung ein. Es verwirrte mich, seine Hände auf meinem Rücken, unter meine Achseln, nah bei meinen Brüsten, auf meinen Hüften zu spüren, aber ich blieb still. Er hatte recht: Dadurch, dass ich meine Ellbogen aufstützen konnte, wurde meine Haltung weniger anstrengend. Am Ende legte ich sogar meinen Kopf in die Handflächen.

Die ersten drei Schichten sind die schwierigsten, diejenigen, die später haargenau jede Unebenheit, jede Verdickung, jede Wölbung und jede Falte wiedergeben werden. Sobald man sich nur ein bisschen bewegt, verändert die Oberfläche ihre Form; mit der folgenden Schicht kann man die Ausgangsposition wiederherstellen oder sich ihr zumindest weitgehend nähern.

Allmählich spürte ich, wie sich die Kruste verfestigte. Bald würde ich sie abnehmen können.

Graf nahm die Schere und fing an, die Leggings um die fast trockene Kruste herum aufzuschneiden. Ich hockte mich hin. Unsere Stellungen waren schwierig zu halten: Er lag quasi auf dem Boden ausgestreckt und versuchte, die Pobacken auszuschneiden. Die elastischen Leggings lösten sich nur ein wenig. Dann stellte er sich neben mich, schnitt, über sein Werk geneigt, das T-Shirt entlang der Nähte aus und ließ nur den Halsausschnitt unberührt. Schließlich spürte ich, wie er hinter mir den Gips festhielt und bis zum Hals schnitt. Ich war frei.

Unter der Dusche mischte sich der Klang von Sonny Rollins und John Coltrane in *Tenor Madness* mit dem Geräusch des Wassers.

Inzwischen hatte Graf alles aufgeräumt: Die Zeitungen waren verschwunden, der Gipsabdruck ruhte auf dem gut fixierten dicken Ball, und er war dabei, im Spülbecken Handschuhe und Schüssel zu reinigen. In dem Kittel, den er noch trug, ähnelte er mit seinem eleganten Gebaren einem alten Transvestiten. Ich musste über den absurden Anblick lachen.

Ich räumte Gips und Kleister weg, und wir setzten uns auf das Sofa, um diesmal ein Glas von meinem Laphroaig zu teilen. Dem, den er mir geschenkt hatte.

»Wie wirst du es verarbeiten?«

»Als Hohlform. Ich werde die Teile zusammensetzen und dann mit Gießharz ausgießen. Dann …«

»Dann?«

»Das *Dann* ist noch im Entstehen.«

Ich trank ein paar Tropfen von dem Whisky, den er mir eingegossen hatte. Beim Anblick des Abdrucks fragte ich mich plötzlich, was diese ganze Arbeit für einen Sinn hatte. Ob es überhaupt notwendig ist, Sachen zu machen. Was die notwendigen, was die unverzichtbaren und was die überflüssigen Sachen sind.

Es gab in meinem Leben Zeiten, da stellte ich mir solche Fragen nicht. Die Antwort lag auf der Hand: Ich machte das, was unverzichtbar, und das, was notwendig war. Ich machte sogar belanglose Dinge, nur aus Spaß.

Ich fing an zu überlegen, dass es nun nicht mehr unverzichtbar, nicht einmal mehr notwendig war, in der Bar zu arbeiten. Dabei hatte ich die Arbeit während all der Jahre gern gemacht, hatte gelauscht und beobachtet. Ich mochte die Routine der Tage, die aufeinanderfolgen und sich gleichen, ich mochte es, den geringsten Abweichungen zu lauschen, mochte die langen Fußwege, hin und zurück, die an denselben Fenstern, denselben Türen vorbeiführten, die lockeren Pflastersteine, die meine Füße mieden.

Graf hörte mit halbem Ohr auf die Musik. Ab und zu nippte er an seinem Whiskyglas, ebenfalls in Gedanken versunken.

»Jetzt ist Schluss, ich gehe nicht mehr in die Bar«, sagte ich.

»Wie?«

»Ich höre auf, in der Bar zu arbeiten. Ich habe keine Lust mehr, dorthin zu gehen, es macht mir keinen Spaß mehr.«

»Gute Nachricht. Soll das heißen, du hast etwas anderes zu tun, meine Liebe?«

»Ich weiß nicht. Ich weiß bloß, dass ich nicht mehr dorthin gehen will. Ich weiß auch, dass ich nicht anrufen werde, um abzusagen.«

»Ist das nicht ein bisschen plötzlich?«, säuselte er.

»Es ist so.«

Ich hatte den Eindruck, dass diese Entscheidung das Wichtigste war, was ich je in meinem Leben gemacht hatte. Sofort nachdem ich Graf gesagt hatte, dass ich nicht dorthin zurückkehren würde, empfand ich etwas Unglaubliches: dass diese Bar nie existiert hatte, dass ich diesen Job niemals gemacht hatte. Noch ein Stück Realität, das verschwindet, an das ich mich kaum erinnern werde, das weiß ich.

»Also bist du heute Abend frei, meine Schöne. Das gehen wir feiern«, sagte Graf und stand vom Sofa auf.

Er hielt sein Glas in der Hand und schaute mich lächelnd an. Ich ging auf ihn zu, er nahm mich in die Arme und drückte mich zärtlich an sich. Ich weinte lange an seiner Schulter.

So, wie man an der Schulter eines Freundes weint. Dann löste ich mich aus seinen Armen und fing an, im Atelier herumzuwirbeln.

»O ja, das gehen wir feiern!«

Auf einmal fand ich, dass fünfundsechzig jung ist, dass es mir gut ging, abgesehen von gelegentlichen leichten Schmerzen an den Gelenken, einigen Wehwehchen hier und da, und dass mir noch zwanzig Jahre blieben, um diese Wehwehchen zu pflegen und zu verhindern, dass sie schlimmer werden, und auch, dass das Adrenalin, das ich in meinen Adern spürte, sie wegschieben würde, wenigstens noch eine Weile. Ich hatte sogar Sex gehabt, und ich hatte noch gewusst, wie es geht.

»Ja, gehen wir feiern«, wiederholte ich vor dem vergnügten Graf.

Wir gingen zu Fuß los, ich tänzelte an seinem Arm.

Ich plapperte wie ein Kind, sprach von Regen und Sonnenschein, von allem und nichts. Wir aßen zusammen, und ich bin sicher, dass auch ihm die Zeit wie im Fluge verging.

Ich glaube, er hat meine gute Laune als Geschenk aufgefasst, ein Geschenk für den, der seit mehr als vierzig Jahren immer wiedergekommen ist, bei jedem Wetter. Vielleicht ist er auch froh, dass ich zu meiner früheren Liebe zurückkomme. Vielleicht hat er an alle Abenteuer gedacht, die er in dieser Zeit erlebt hat, von denen ich nichts weiß. Und auch an die, die ich meinerseits seit fünfzehn Jahren nicht erlebt habe. Er wird jedenfalls nie darüber sprechen. Oder vielleicht doch, eines Tages, wer weiß. Ich hatte keinerlei Gewissheit mehr, über gar nichts, und das war gut so.

Ich glaube, ich bin nur ein einziges Mal bei ihm gewesen. Es war an dem Tag, als wir uns kennenlernten, wenn ich mich recht erinnere. Er wohnte in einer großen, dunklen Wohnung mit hohen Decken. Ich weiß noch, dass er neben einem Fenster in einem alten Armsessel saß und dass der Glanz des Tages von Zeit zu Zeit über den Umweg eines Fensters des gegenüberliegenden Gebäudes, das die Sonne in diesen düsteren Ort spiegelte, über sein Gesicht zog. Der Raum war voll mit wertvollen Möbeln, er war damals mehr Antiquitätenhändler als Kunstverkäufer »von privat«. Auf einem Möbelstück lagen Haufen von Goldsplittern und kleinen Steinen. Ihre Eigenschaft, als Ramsch immer wieder verwertet zu werden, faszinierte mich, all die Leben, die sie bedeuteten – daran erinnere ich mich noch.

Ich weiß nicht einmal Grafs richtigen Namen. Ich habe auch nie erfahren, woher dieser Spitzname kommt. In dem, was man von Graf wissen kann, fehlen einige Puzzlestücke: Sollte er sie herausrücken, würden sie ihm fehlen.

Es war spät, als wir uns trennten, ich ging zu Fuß nach Hause, glücklich über unser Essen, noch glücklicher, die Bar hinter mir gelassen zu haben, und besondes glücklich, dass ich sie aufgegeben hatte, ohne mein Nichterscheinen anzukündigen. Ich hatte einen Schlusspunkt gesetzt, der hinsichtlich einer Lebensphase, die mich nicht mehr betraf, nicht einmal mehr dieses Mindestmaß an Höflichkeit zuließ. Ich hatte vor allem keine Lust, höflich zu sein. Ich hatte vielmehr Lust, grob zu sein, mich dem Leben aufzudrängen, mit meinem ganzen Gewicht. Ich glaube, ich bin es leid, höflich und nett zu sein. Auch wenn ich nie wirklich nett gewesen bin. Höflich übrigens auch nicht.

Die Bar war wie der Luftraum zwischen zwei Wänden gewesen, der vor der Kälte isoliert. Mir war so kalt gewesen.

Ich stürmte durch die Straßen, den Blick nach vorne; sah keinen einzigen Grashalm, kein Pflaster. Ich sah nur die Perspektive der Straße, die sich vor mir öffnete, und den Umriss der Dächer vor dem schwarzen Himmel.

Das Kind Léger. Mittwoch werde ich es wieder hüten,

aber putzen werde ich nicht mehr bei Madame. Da sie jetzt allein ist und genauso viele Ausgaben hat, wird sie mich sowieso nicht mehr bezahlen können. Es wird sie wahrscheinlich entlasten, wenn ich nicht mehr komme.

Wahrscheinlich war es die Trennung von ihrem Mann, dank der ich mich in ihr Leben einmischen konnte. Dieser Riss in der Zeit, wo die Dinge und die Menschen gleich werden, dieser Zeitpunkt, wo alles, was nicht die Trennung ist, gleichgültig und unterschiedslos wird. Warum nicht auch ich.

Das Kind Léger. Bastien. Kleine Rochade. Er muss unbedingt zu mir kommen – ich habe es ihm sowieso versprochen. Ich muss ihn sehen.

Das wirkliche Kind sehen. Ich mochte seinen abwesenden Blick, als er über die Idee der Freiheit nachdachte, ich mochte das Gefühl seiner Hand in der meinen. Ich mochte seine kindliche Zartheit und den Schelm, der aus ihm hervorlugte, als er von seinem Fisch und seinem Kater sprach. Noch nie habe ich so deutlich gespürt, was sich hinter der Vorstellung von werdender Materie – das ist genau der passende Ausdruck – verbergen kann. Passend wahrscheinlich für jedes Kind, nur wusste ich es nicht, hatte niemals daran gedacht.

Ich verbrachte mehrere Tage ohne Zeitgefühl, aß, wenn ich hungrig war, schlief, wenn ich müde war. Von Zeit zu Zeit kehrte ich in die Wirklichkeit zurück, wenn mir Brot fehlte oder wenn ich Lust auf ein Glas Wein hatte und meine Reserven erschöpft waren. Ich zog mich an, ging hinaus und kehrte manchmal postwendend zurück: Draußen war finstere Nacht.

Ich arbeitete. Ich hatte das diffuse Gefühl, dass dieser Tatendrang so etwas wie Überlebenswillen war.

Nein, ich kann nicht mal sagen, dass ich gearbeitet habe, ich habe mich amüsiert. Ich habe alles gemacht, was mir in den Sinn kam, ich habe an Skulpturen gearbeitet, wie ein Kind mit Knetgummi, und gerade mal aufgehört, um mich hin und wieder zu waschen.

Morgen treffe ich Bastien. Ich muss die Tür und die Fenster aufmachen, ich werde überall lüften.

Wir sind auf gutem Wege, man spürt, wie ein ganz schüchterner Hauch von Frühling in der Luft liegt. Aber kaum habe ich das Fenster aufgemacht, verteilt ein heftiger Windstoß – mit banalem Durchzug hatte das nichts zu tun – den Gips in alle Himmelsrichtungen. Ich glaube, ich hatte vergessen, was passiert, wenn man das Fenster aufmacht und die Tür gegenüber ebenfalls offen ist! Die Wolke löste sich allmählich auf: Es sah aus, als hätte es im Haus geschneit.

Ich machte alles wieder zu und stellte einen Stuhl in den Durchgang, dorthin, wo früher eine Bank stand. Ich setzte mich hin, bis sich meine Lungen erholt hatten. Als der Hauswart zu mir kam, empfing ich ihn mit einem strahlenden, kurzatmigen Lächeln.

»Alles in Ordnung?«, fragte er mich.

»Ja, ja, nur ein Luftzug, der den Gips verteilt hat.«

»Macht sie Bauarbeiten?«

Ich hatte vergessen, dass der gute Mann die Menschen nur in der dritten Person anspricht.

»Nein, ich arbeite und wollte lüften«, antwortete ich.

»Möchte sie, dass ich beim Reinigen helfe?«

Es verschlug mir für einen Moment die Sprache, ich wusste nicht, was ich antworten sollte. Ohne länger darüber zu grübeln, womit ich diesen Anfall von nachbarlicher Hilfsbereitschaft verdient hatte, sagte ich ja.

Er half mir tatsächlich. Ein wahrer Tornado, dieser Mann! Bewaffnet mit Staubtüchern, Handfegern und Schippen, hatten wir binnen einer Stunde alles sauber gemacht.

Wir tranken einen Kaffee, und er fragte mich, ob ich wolle, dass er die Bank aus dem Keller hole.

»Sie steht im Trockenen, ist in gutem Zustand. Wenn sie will, können wir sie holen. Besser als der Stuhl.«

»Warum nicht?«

Wir stiegen in den Keller hinab, durch die Tür neben der Wohnung von Martin, dem Nachbarn mit den Weißweingläsern an der Kellerluke. Auf dem Sims des Fensterchens stand sogar noch ein altes staubiges Glas.

Ich fragte den Hauswart, ob er wisse, was aus Martin geworden sei.

»Das Atelier gehört ihm noch, aber er arbeitet nicht mehr hier. Es ist voller Spinnweben. Ich öffne es ab und zu. Manchmal kommt er vorbei und erkundigt sich, was es Neues gibt, aber sie ist niemals da. Er wohnt im Süden von Paris, ich glaube, er hat ein Haus und arbeitet dort.«

Niemals da. Ich bin da. Jeden Tag und jede Nacht. Der Hauswart muss mich doch vorbeigehen sehen.

»Alles ist zu, da weiß ich nicht«, sagt er und schaut mich schräg an, als hätte er irgendwie Angst vor mir.

»Seien Sie so nett und sagen Sie ihm beim nächsten Mal, er soll bei mir anklopfen.«

Ich bedankte mich für seine Hilfe. Er sagte: »Keine Ursache, ich bin froh, dass ich Sie sehe«, und schaute mich wieder mit leicht geneigtem Kopf an.

Dieser Gipssturm war ein Segen, er hat mir die Bank zurückgebracht. Etwas verwittert allerdings, die Farbe platzt ab, und die Jahreszeiten haben die vom Regen grauen Risse tiefer werden lassen. Es ist eine alte Parkbank mit schweren gusseisernen Füßen: Sie wird bestimmt noch ein paar Jahre halten.

Ich blieb da sitzen, bis ich anfing zu schlottern, lange bevor ich begriff, dass ich fror. Etwas später wurde es dunkel; ich nahm mir die Zeit für einige Besorgungen im Supermarkt, um Kleine Rochade gut zu empfangen.

Als ich zurückkam, klingelte gerade das Telefon. Ich erkannte die Nummer vom Boss und ging nicht ran, wartete, bis er eine Nachricht hinterlassen hatte, und löschte die Nachricht ebenso wie die beiden anderen von ihm, die ich noch nicht abgehört hatte.

Morgen früh werde ich Madame Léger mitteilen, dass ich nicht mehr bei ihr putzen werde. Ich gebe meine beiden Arbeitsstellen auf. Ich staune über mich, weil ich nicht ängstlich bin – keine Spur von Besorgnis im Hinblick auf die Zukunft und das Geld, umso überraschender für mich, da ich seit so vielen Jahren nur vom Ertrag meiner Arbeit lebe.

Ich habe Reserven, genug. Die ich niemals angetastet habe. Die Zukunft ist gesichert, und falls es nötig ist, werde ich eben wieder arbeiten gehen. Das kann ich. Ich fange sogar an zu glauben, dass ich auch meine wirkliche Arbeit beherrsche, die von früher. Die aus der Zeit, als ich Bildhauerin war. Ich habe immer mit meinen Händen gearbeitet.

Und dann wird mir der Greuze genügend Geld einbringen.

Ich hatte das Gefühl, wieder eine Richtung, ein Gerüst zu finden, das für mich bestimmt war, ich würde Zeit brauchen, aber ich konnte es schaffen. Mir fiel ein, dass ich in meiner Arbeit nicht immer das sah, was die anderen darin sahen. Ich schlief mit dem Blick auf das ein, was ich in den letzten Tagen fabriziert hatte, während ich mir überlegte, was fehlte, und auch, was überflüssig war.

Bei Tagesanbruch war ich wieder an Deck, trank meinen Kaffee und betrachtete meine Schöpfungen. Ich beschloss, nur eine einzige aufzubewahren, die eines Hundes, der neben einem Koffer wartet, nicht sehr realistisch, aber der Aufbau rechtfertigt eine weitere Bearbeitung. Alle anderen Skulpturen stellte ich in die Ecke des Ateliers vor den großen Rahmen und deckte das Ganze mit einer Decke zu.

Punkt acht Uhr dreißig stand ich vor der Tür von Madame Léger, die mich erwartete. Nachdem wir ein paar Worte gewechselt hatten, teilte ich ihr mit, dass ich nicht mehr ihren Haushalt machen würde, aber wenn sie wolle, dass ich auf ihren Sohn aufpasse, würde ich es tun.

»Die Maschine, die Sie ihm letzten Mittwoch gezeigt haben, hat ihm sehr gefallen. Er würde gerne noch einmal dorthin gehen«, sagte sie.

Ich antwortete ihr, dass die Ausstellung schon seit einigen Tagen geschlossen sei, ich aber schon etwas finden würde, was ihn interessieren könnte.

»Gut, gut«, sagte sie, »dann lasse ich euch allein.«

Sie war elegant und hübsch. Bastien umarmte sie und baute sich dann vor mir auf.

»Gehen wir zu dir? Das hast du mir versprochen!«

Ja, ich habe es dir versprochen, Kleine Rochade. Wir gingen los, seine Hand in der meinen, ohne dass ich ihn aufgefordert hätte.

Bei mir zu Hause lag ein Ball. Darauf trocknete gerade mein Rücken.

Wir brauchten lange, mehr als doppelt so lange, wie

ich normalerweise für diese wohlvertraute Strecke benötige.

»Ist es so weit zu dir, oder hast du keine Lust, mich mitzunehmen?«

»Wir sind gleich da, wir sind gleich da.«

Mir graute ein wenig vor dem Moment, wo wir die Schwelle des Ateliers überschreiten würden.

Wir liefen noch eine Weile; ich versuchte zu verstehen, was mich zurückhielt. Ich hatte das heftige Empfinden, dass, wenn wir diese Schwelle gemeinsam überschritten hätten, eine Tür endgültig zuschlagen würde, und ich fürchtete diese Veränderung. Ich kam mir vor wie am Rand eines Abgrunds, ich spürte Wellen von Schwindel und versuchte, ihnen zu widerstehen.

Es würde bei dieser Begegnung ein Vorher und ein Nachher geben: Ich wusste nicht, was mich erwartete, wie das Nachher sein würde. Ich hatte Angst vor mir selbst.

Im Bus plapperte er ohne Ende. Als er anfing, von Umweltschutz zu sprechen, wurde ich langsam ungeduldig.

Endlich verstummte er. Endlich konnte ich ihn anschauen.

Er hatte den Kopf zur Straße gewandt, und ich konnte mich auf die Form seiner Wange, auf das kleine spitze Kinn konzentrieren. Ich hatte das Bedürfnis, ihn in mich aufzusaugen, ihn anzuschauen und ihn zu sehen, ihn, genau ihn. Ich hatte das Bedürfnis, ihn zu kennen, ihn mit seinem Bild in Übereinstimmung zu bringen. Ich hatte das schmerzhafte Bedürfnis danach, dass er wahrhaftig werden würde.

Während wir auf das Haus zugingen, führte ich einen wilden Kampf gegen mich selbst, um seine Hand in der meinen zu spüren, zu spüren, sie mir nicht vorzustellen. Ich glaube, ich hatte noch niemals so kurz davorgestanden, in ein Anderswo zu kippen, von dem ich nichts wusste.

Ich war hier, und ich war woanders. Ich schaute uns an, und ich erlebte uns, und die Überlagerung der beiden Zustände spannte meine Nerven zum Zerreißen. Jede Faser meines Wesens zog mich zu ihm, jede Faser meines Wesens widersetzte sich zugleich der Realität des Augenblicks.

Kaum hatten wir die Schwelle überschritten, stand alles still. Er ging ganz selbstverständlich hinein, zog den Mantel aus, legte ihn auf den Küchentisch und schaute sich um.

Ich konnte ihn leben lassen. Ich widmete mich harmlosen Beschäftigungen, ein Glas mit Wasser füllen, trinken, eine Kekspackung öffnen. Ohne ihn anzusehen.

Er hatte sich vor sein gepixeltes Porträt gestellt und schaute es an:

»Was ist das?«

»Ein Porträt.« Er erkannte sich nicht, er stand zu dicht davor.

»Wohnst du immer hier?«

»Immer.«

»Schon lange?«

»Schon sehr lange.«

Er wollte alles sehen. Ich ließ ihn herumlaufen, die Türen öffnen, hineingehen. Ich lehnte mich an den Küchentisch und sah ihm bei seinen Erkundungen zu. Er ging ins Schlafzimmer – ich sah ihn nicht mehr.

Ich war in meinen Gedanken erstarrt. Ich hörte:

»Hallo, hörst du nichts?«

»Nein, ich habe nichts gehört. Was hast du gesagt?«

Er schrie:

»Ich habe gesagt, dass ich nicht weiß, wie du heißt.«

»Topolina. Das weißt du doch.«

»Nein. Ich meine deinen richtigen Namen.«

»Das ist mein richtiger Name. Ich heiße Topolina.«

Als ich meinen Namen ausspreche, erwache ich aus der Benommenheit, in der ich versunken war. Ich gehe ins Schlafzimmer.

Er liegt halb ausgestreckt auf meinem Bett, entspannt und verträumt, überwältigend schön und verletzlich, und blickt durch das Oberfenster nach draußen. Die Zweige der Bäume bekommen langsam Knospen.

»Bist du froh, mich zu sehen?«, fragt er mich in besorgtem Ton und blickt weiter nach draußen.

Schließlich sage ich:

»Ja, Bastien.«

»Also gut, Topolina, was machen wir?«

Was machen wir? Ich habe keine Ahnung, was wir machen. Ich hatte alles geplant, alles gesehen, mir alles vorgestellt. Außer »was machen wir« natürlich.

Die dusselige Antwort schoss heraus: »Was möchtest du denn machen?«

»Darf ich mir in deinem Haus alles angucken? Ich bin sicher, dass uns was einfällt.«

Er stellt sich in die Zimmermitte, schaut sich um. Er

kommt in die Nähe meiner Decke, meiner »in die Ecke gestellten Kinder«, meines Quadratmeters mit den Unvollendeten.

Wir nehmen zusammen die Decke ab. Er will alles sehen, alles wissen. Er berührt die Gipsfiguren, dreht die Bilder um.

Schließlich steht er vor dem großen Rahmen, dem riesigen Rahmen, der sich seit fünfzehn Jahren nicht mehr bewegt hat, er ist mit einer großen flaschengrünen Leinwand abgedeckt.

Mir hat es die Sprache verschlagen. Wie konnte ich ihn so nah heranlassen? So schnell?

Wie in einem Film sehe ich zu, wie er in Zeitlupe niederkniet, die Leinwand mit der linken Hand hochhebt und von sich weghält, sich dann bückt und versucht, auf die andere Seite des Rahmens zu sehen.

Er schaut mich an. Ich schwanke, ich zittere und wende mich ab.

»Und das, was ist das? Ein anderes Bild? Kann ich es sehen?«

Seine Stimme rüttelt mich wach.

»Nein, das kannst du nicht. Es ist zerbrechlich, man kann es nicht umdrehen.«

Das wird vielleicht das Letzte sein, was ich wegwerfe, dieser Spiegel mit dem Sprung. Dessen Splitter das Licht gesprengt haben. Von dem ein Stückchen in der zarten Haut meines Sohnes stecken geblieben ist, da, genau da, im Salzfässchen. Es ist fünfzehn Jahre her.

Es war nur ein kurzer Wutanfall, als ich den Aschenbecher in den Spiegel warf.